KiWi
PAPERBACK
955

D1933716

Das Buch:

Dieter Wellershoff begegnet in diesem Buch dem Tod – dem Tod, der nicht ihn ereilt, sondern seinen jüngeren Bruder, mit dem ihn eine enge Beziehung voller Rivalität und Zuneigung verband. Ehrlich und schonungslos gegenüber sich selbst beschreibt er das Sterben – und die Schuld- und Glücksgefühle desjenigen, der weiterlebt. Als blicke er fortwährend auf einen fernen Berg, dessen Gipfel er immer erreichen wollte – so hat der sterbende Bruder gelebt. Und was sich ihm dann zeigte, war das ganz Unerwartete und Fremde.

Dieter Wellershoff hat seinen Bruder zu einer zentralen Gestalt seiner literarischen Werke gemacht, und das Erlebnis seines frühen Todes bewegte ihn dazu, von ihren Leben zu erzählen und von ihrer gemeinsamen Erfahrung mit der Erkrankung und dem Kampf gegen den Tod. Schon früh bauten Ähnlichkeit und Verschiedenheit zwischen beiden eine Spannung auf, die den jüngeren zu einem abenteuerlichen Leben trieb. Es führte von anfänglichen Erfolgen zu immer verhängnisvolleren Fehlentscheidungen und Niederlagen und zu einem neuerlichen Erfolg, den der Ausbruch einer tödlichen Krankheit vereitelte. Von da an steht das Leben unter einem anderen Gesetz. Die moderne Medizin übernimmt das Kommando und greift die Krankheit mit allen verfügbaren Mitteln an, befeuert vom unbedingten Lebenswillen des Kranken, der auf seine letzte Chance setzt.

Dieter Wellershoff beschreibt, wie es ist, in aller brüderlichen Nähe die unüberbrückbare Einsamkeit vor Augen zu haben und in dessen Augen die Frage zu lesen: »Warum ich und nicht du?« Eine Frage, die ihn dazu bringt, den Vorgang des Sterbens in seinen psychologischen, sozialen und medizinischen Dimensionen auszuleuchten. Das Ergebnis ist ein Buch, das den Leser mit diesem fundamentalen menschlichen Ereignis konfrontiert – und ihn vorbereitet.

Der Autor:
Dieter Wellershoff, geboren am 3. November 1925 in Neuss, lebt in Köln. Er schrieb Romane, Novellen, Erzählungen, Essays und autobiographische Bücher, z. B. »Der Ernstfall«, 1995, über seine Erfahrungen im 2. Weltkrieg. Wellershoff hielt poetologische Vorlesungen an in- und ausländischen Universitäten, zuletzt in Frankfurt a. M. Er erhielt u. a. den Hörspielpreis der Kriegsblinden, den Heinrich-Böll-Preis, den Hölderlin-Preis, den Joseph-Breitbach-Preis und den Ernst-Robert-Curtius-Preis für Essayistik. Übersetzungen erschienen in bisher 15 Sprachen.

Dieter Wellershoffs literarisches, essayistisches und autobiographisches Werk erscheint bei Kiepenheuer & Witsch, auch gesammelt in einer sechsbändigen Werkausgabe, hg. v. K. Bullivant und M. Durzak, die weitergeführt wird. Zuletzt erschien der Roman »Der Liebeswunsch«, 2000, der Essayband »Der verstörte Eros. Zur Literatur des Begehrens«, 2001, und soeben der Erzählungsband »Das normale Leben«, 2005.

Dieter Wellershoff

Blick auf einen fernen Berg

Kiepenheuer & Witsch

1. Auflage 2006

Umschlaggestaltung: Barbara Thoben, Köln
Umschlagmotiv: AKG Berlin; Paul Cézanne;
Blick von Bibemus auf das Bergmassiv Sainte-Victoire, 1897
Gesamtherstellung: Clausen & Bosse, Leck
ISBN 10: 3-462-03739-0
ISBN 13: 978-3-462-03739-5

Inhalt

Dahin müssen wir es bringen, daß wir genug gelebt haben. Doch niemand glaubt genug gelebt zu haben, der sein Leben erst von neuem anfängt. Denke ja nicht, dies seien nur wenige – es sind nahezu alle. Manche gar fangen in dem Augenblick erst zu leben an, in dem sie aufhören müssen. Wenn dir das verwunderlich vorkommt, will ich hinzusetzen, was dir noch verwunderlicher scheinen wird: Manche haben schon eher aufgehört zu leben, als sie angefangen haben.

Seneca, 23. Brief an Lucilius

Die Todesnachricht

Auf der Todesanzeige meines Bruders stehen zwei Zeilen eines Gedichtes, das ich vor vielen Jahren geschrieben habe. H., die Lebensgefährtin seiner letzten Jahre, hat den Text für ihn ausgewählt:

Tod mit seinen schwarzen Lippen
trägt in der Hand eine singende Amsel.

Eigentlich war das immer mein Text gewesen, mein persönlicher Glaubenssatz,allen meinen Erfahrungen eingeritzt wie eine geheime Signatur. Aber mein Bruder war vor mir gestorben, obwohl er jünger war. Es war die falsche Reihenfolge. So fand ich, daß ich ihm den Satz überlassen mußte. Ich weiß nicht, was er dazu gesagt hätte. Oder, um genau zu fragen, denn man muß darin genau sein: was er zu welchem Zeitpunkt dazu gesagt hätte. In den Monaten seines Sterbens hätte er mit dem Satz nichts anfangen können. Es war ein Satz für die Lebenden, für mich, der ich nach einigen Stunden das Krankenzimmer verlassen konnte und draußen in der frischen Luft tief durchatmete und dann überlegte, wo ich heute abend essen wollte. Es war nicht der Satz des Todkranken, der, von Infusionsschläuchen gefesselt, hinter mir herblickte, wenn ich aus dem Zimmer ging. Wenn man ihn nach den Gedanken, den Stimmungen gefragt hätte, die ihn beherrschten, hätte er sicher sehr direkt geantwortet: »Ich will leben! Um jeden Preis!« Oder er hätte die Krankheit verflucht. Oder er hätte eine Frage gestellt: »Warum ich und nicht ihr?« Oder, um auch das genau zu sagen: »Warum ich und nicht du?« Es ist die Frage, die ich in seinen Augen gelesen habe und die ich mir auch selbst stellte.

Ich werde über ihn schreiben, über ihn und sein Sterben. Und über mich, notwendig auch über mich, der ich Mitwirkender und Zeuge seines Lebens war. Er war ungefähr fünf Jahre jünger als ich, mir ähnlich und ganz verschieden von mir. Als Kind war er immer wieder hinter mir und meinen Freunden her gelaufen. Er wollte dabeisein, wo für ihn die Abenteuer des Lebens stattfanden. Daß wir ihm Mut- und Bewährungsproben auferlegten, hat er selbstverständlich akzeptiert. Und er hat sie alle bestanden. Später ging er seine eigenen riskanten Wege. Doch auch, indem er sich von mir entfernte, rivalisierte er mit mir. Das war seine Art, die Verbindung zu halten und sich mir auf Umwegen wieder zu nähern.

Wären wir nicht Brüder gewesen, wären wir wohl nie aufeinander zugegangen, zu verschieden waren unsere Lebensauffassungen; und die brüderlichen Ähnlichkeiten wirkten wegen der Unterschiede wie ein verzerrtes Spiegelbild und erzeugten bei mir ein Bedürfnis nach Distanz. Für ihn stellte das eine dauernde Herausforderung dar. Ich hatte aus schlechten Erfahrungen die Lehre gezogen, Grundsatzdiskussionen zu vermeiden. Manchmal witterte er darin die Kritik und zwang mir einen Streit auf. Wenn er sich abgelehnt oder durch Mißerfolge gereizt fühlte, konnte er unerträglich aggressiv sein. Eigentlich aber war er ein herzlicher Mensch, fähig zur Freundschaft und zu einer über die Stränge schlagenden Kumpanei. Jüngere Menschen mochten ihn. Er renommierte ein wenig vor ihnen, aber er war ein guter Berater in praktischen Fragen und nahm sich Zeit für sie. Ich schätzte sehr die Gespräche, die ich mit ihm über wirtschaftliche Vorgänge und Sachverhalte führte, weil er einen scharfen analytischen Verstand hatte. Und doch war er offensichtlich gefährdet, sich zu täuschen, wenn die Täuschung in der Richtung seiner Wünsche lag. In schwierigen Lagen wählte er meistens die riskanten Lösungen, wenn es die verlockendsten und schnellsten waren. Obwohl er ein unruhiger und spekulativer Kopf war, bewies er erstaunliche Standfestigkeit beim Ertragen lang dauernder Belastungen und mutete sich die größten Anstrengungen zu.

So könnte ich fortfahren mit den Widersprüchen. Doch allmählich liefe das auf ein Schema hinaus, hinter dem er nicht mehr zu erkennen wäre.

Ich werde über ihn schreiben. Das habe ich immer schon getan, immer wieder, mit seinem Wissen und seiner Hilfe. Er ist eines meiner Themen gewesen, ein wichtiges Motiv des Bildes, das ich mir vom Leben machte. Weil er mir ähnlich und zugleich ganz anders war, konnte ich durch ihn hindurch auch auf mich blicken und umgekehrt durch mich auf ihn. Was dann aus unserem Material entstand, war etwas Drittes, eine fiktive Figur. Er las es und fragte mich, ob ich ihn so sähe. Ich antwortete: »Dich und mich. Doch das sind jetzt durchgespielte, erledigte Möglichkeiten.«

Er war mit dieser Erklärung zufrieden. Die Bücher, die Geschichten waren ja zu Ende, und seine Lebensgeschichte ging weiter. In den nächsten Kapiteln würde alles immer besser werden.

Heute vor einem Jahr kam der Anruf, der seinen Tod meldete. Ich hatte ihn erwartet. Wann er eintraf, war nur noch eine Frage der Zeit gewesen. Zuerst war H.s ältester Sohn am Apparat, dann sie selbst, erstickt von Tränen. Ich fragte sie, wie er gestorben sei, in der Erwartung, sie würde sagen: sanft. Ich hatte es mir so vorgestellt, weil die Krankheit und die Therapie ihn aufs äußerste geschwächt hatten, und ich hoffte, darin den Anlaß für ein tröstendes Wort zu finden. Aber sie sagte: »Es war ein Kampf!« Sie wiederholte es nach einer Pause, redete mich mit meinem Namen an, als wolle sie es mir persönlich vor Augen rufen, aber es kam dabei auch wieder vor ihre Augen, ich hörte es an ihrer Stimme: »Es war ein Kampf!« Sofort dachte ich, daß es nicht anders hatte sein können. Er war so gestorben, wie es zu ihm paßte. H.s Stimme bebte vor Mitleid und Entsetzen, während sie mir mit wenigen Worten mitteilte, wie es geschehen war.

Ich ging ins Wohnzimmer zu meiner Frau, die durch die halboffene Tür einen Teil des Gespräches mitgehört hatte. Sie sah mich an, aufgestört und gefaßt. »Ist es soweit?« fragte sie. Ich nickte. Und während ich mich zu ihr setzte, fiel mir ein, daß wir in den letzten Monaten immer wieder so beieinander gesessen hatten, um die Schreckensmeldungen aus Wien zu besprechen. Dies war nun das Ende. Ich berichtete, was H. mir erzählt hatte. Danach besprachen wir Einzelheiten unserer bevorstehenden Reise nach Wien. Weil Pfingsten bevorstand, konnte die Beerdigung erst in acht Tagen stattfinden. Das war günstig für mich, denn zur Zeit war ich nicht reisefähig. Ich hatte eine Augenoperation hinter mir, unter der Augenklappe war das linke Auge noch blutigrot. Bis zur Beerdigung würde das hoffentlich besser sein.

Ich blickte in meinen Terminkalender und sah, daß zum

Zeitpunkt der Beerdigung der PEN-Club in Köln tagte und ich dort eine Reihe von Verpflichtungen hatte. Die konnte ich glücklicherweise nun alle absagen. Wie gut, dachte ich. Ich dachte es wirklich mit diesen Worten »glücklicherweise« und »wie gut«.

Auf einmal stand alles wie in einem hellen Kunstlicht vor mir. Es war das Licht einer ironischen Sachlichkeit, mit der ich mir selbst zusah. Mein Bruder war gestorben, und ich registrierte den kleinen Vorteil, den mir das gebracht hatte. Dagegen war nichts einzuwenden. Im Gegenteil, ich stimmte sofort zu. Das tägliche Leben ging weiter, nur schärfer abgehoben, nur ein wenig deutlicher, und das machte mir manchmal Schwierigkeiten. Wenn ich zum Beispiel jemandem erzählte, mein Bruder sei gestorben, dachte ich, jetzt machst du Konversation daraus, und um dem zu entgehen, brach ich entweder ab oder begann ausführlicher und ernsthafter darüber zu sprechen und sah im Gesicht meines Gegenübers eine Mischung von höflicher Anteilnahme und leisem Befremden.

Ich dachte keineswegs dauernd daran, aber es war immer dicht unter der Oberfläche. Manchmal, wenn ich etwas einkaufte, Rasierwasser oder Brot, und wenn ich dann sagte, »Geben Sie mir bitte ein halbes Eifeler Brot«, oder wenn ich vor dem Spiegel stehend dachte, daß ich vor der Reise nach Wien noch zum Friseur müsse, und dann, als ich meinen Koffer packte und überlegte, was ich mitnehmen solle, welche Hemden, welche Krawatten, lag wieder dieses helle ironische Licht auf den Einzelheiten, so daß ich ein wenig darüber staunte, daß sie so waren, wie sie waren, und alles so lief, wie es lief, mit robuster und banaler Selbstverständlichkeit, und ich verspürte eine Neigung, es zu übertreiben und zum Beispiel zu sagen: »Nein, geben Sie mir nicht das Eifeler Brot, sondern lieber ein halbes Oberländer, und bitte geschnitten«, weil das auf der gut ausgeleuchteten Bühne, auf der sich alles abspielte, noch echter gewirkt hätte.

Irgendwo in einem anderen Raum war das Toben eines Sterbenden, der mit einer Krankenschwester und einer Ärztin kämpfte. Er wurde festgehalten und niedergedrückt, damit er sich nicht die Infusionsnadel herausriß. Die Ärztin rief H. zu, sie solle ihn beruhigen, und während H. ihn umarmte, ihn in ihren Armen barg, bekam er die letzte Spritze gesetzt.

Das war nicht die ganze Szene, die sie mir erzählt hatte, sondern nur das kurze pantomimische Echo ihres Satzes: »Es war ein Kampf!« Nichts von dem, was in ihm vorgegangen war, hatte ich verstanden. Es war seine letzte persönliche Lebensäußerung gewesen, ein bestürzend gewaltsamer Protest, letztes, wildes Aufbäumen seiner Lebenskraft. Danach war bald nur noch sein flacher werdender Atem zu hören gewesen, etwa anderthalb Stunden lang.
Er starb nachts um 3.25 Uhr. Es ist die Zeit des Tiefschlafs und des langsamen Pulses, oder, wenn man schlaflos ist, eine Zeit lebloser Dunkelheit. Er war nicht mehr bei Bewußtsein. Der größte Teil seines Körpers gehörte schon zu der undurchdringlichen Dunkelheit des Todes, und die Beruhigungsspritze hatte wohl auch die Bilder des inneren Films gelöscht. Der Film, stelle ich mir vor, lief als Schwarzband, rhythmisch aufgelichtet durch die blassen Flecken seiner schwachen Atemzüge. Und dann hörte es allmählich auf.

Abgesehen von den Momenten des Befremdens, mit dem ich mich und das alltägliche Leben um mich herum immer wieder sah, hatte ich mich mit der Todesnachricht entspannt. Wenn jemand tot ist, sagte ich mir, haben nur noch die Überlebenden Probleme. Er selbst hat alles hinter sich. Für den Toten gibt es den Tod nicht mehr. Das war ein beruhigender Gedanke, den ich mir manchmal wie ein Zitat ins Bewußtsein rief.

Mein operiertes Auge besserte sich von Tag zu Tag schneller, als die Beerdigung näherrückte. Ich ließ es noch einmal untersuchen und bekam die Erlaubnis zu reisen.

Die Beerdigung

Dies war die dritte Reise nach Wien, und im Unterschied zu den beiden ersten Malen benutzten wir nicht den Nachtzug, sondern fuhren am Tage, um schon am Vorabend der Beerdigung da zu sein. Die Beerdigung fand zwar erst um 13 Uhr statt, aber die Vorstellung, morgens anzukommen und dann wie nach einem festen Zeitplan in die Wohnung zu fahren, zu frühstücken, sich umzuziehen, H. anzurufen und zum Friedhof aufzubrechen, hatte für mich, auch wenn genug Zeit für alles blieb, etwas unangenehm Geschäftsmäßiges. Ich wollte mich nicht von außen gedrängt fühlen. Und auf keinen Fall wollte ich an diesem Tag unausgeschlafen und müde sein, auch wenn nichts weiter von mir verlangt wurde, als an der Trauerfeier teilzunehmen, hinter dem Sarg herzugehen und am Grab den Händedruck und die Beileidsformeln mir unbekannter Trauergäste entgegenzunehmen

Ich wollte in guter Verfassung sein, schon um alle fremden und neugierigen Blicke an mir abgleiten zu lassen. Das war ein Ausdruck eines tiefsitzenden defensiven Instinktes, mit dem ich mich um Abstand und Unterscheidung bemühte. Nicht einmal durch Blicke und Gedanken wollte ich mich mit dem Toten vermischen lassen. Die Illusion, die einen alltäglicherweise glauben läßt, daß immer die anderen sterben, nie oder jedenfalls noch lange nicht man selbst, war bei mir nie besonders dicht gewesen und hatte in den letzten Monaten klaffende Risse bekommen. In meinen

Träumen war mir mein Bruder als ein unheimlicher Verfolger erschienen, den ich verzweifelt abzuschütteln versuchte. Er war mir zu nah, er bedrohte mich.

In anderen Augenblicken aber fühlte ich mich von ihm und seinem Unglück völlig getrennt. Ich war es nicht, der dort lag, ich konnte fortgehen und durfte weiterleben. Jeder war nur er selbst, hatte sein eigenes Leben und seinen eigenen Tod, und die stumme Frage der Sterbenden, warum ich und nicht du, war verständlich und vielleicht in einem fundamentalen Sinne auch berechtigt, aber sie konnte nicht beantwortet werden. Jähe, siedende Glücksgefühle überkamen mich, wenn mir, nur indem ich ging und atmete, erneut bewußt wurde, daß ich lebte. Es war der heftige Pendelschlag, mit dem das Leben in mir sich aus der Identifikation mit dem Sterbenden losriß, so entschieden und abgründig egozentrisch, daß ich es wie einen geheimen Frevel in mir verschloß.

Jetzt, ein Jahr später, während ich darüber schreibe, fällt mir dazu die Antwort ein, die ein sehr alter Mann, ich glaube, es war ein Berliner Bankier, auf die Frage eines Bekannten gegeben hat, ob er schon wisse, wer gestorben sei. »Mir ist jeder recht«, hatte der alte Mann geantwortet. Das war mit jener zynischen, illusionslosen Kälte gesagt, wie sie manchmal für alte Männer typisch ist, die ein kämpferisches und selbstbestimmtes Leben hinter sich haben. Sie haben alle Herausforderungen und Krisen des Lebens bestanden, und nun bleibt ihnen nur noch der fast abstrakte Triumph, dem Tod einige weitere Jahre abzutrotzen, eine kleine Abzahlung auf das Phantasma der persönlichen Unsterblichkeit. Und vielleicht machte der alte Mann in einem Winkel seines Bewußtseins auch noch die magische Rechnung auf, nach der der Tod immer wieder durch Menschenopfer beschwichtigt werden muß, damit die Überlebenden sich eine Weile von seiner Drohung befreit fühlen. Nur wenige Menschen – man nennt sie die Leidtragenden – verlassen nach einer Beerdigung den Friedhof gebeugt. Mit den meisten geht ein auffälliger Wandel vor sich, sobald sie in gebührendem Abstand von der Grabstätte sind. Ihre Bewegungen werden lebhafter, ihre Stimmen, die gerade noch Beileidsfloskeln gemurmelt hatten, gewinnen ihre Frische und ihren Klang zurück, und ihre eingefrorenen Gesichter tauen auf. Ich bin es nicht, der gestorben ist, scheinen sie zu denken. Man kann sehen, wie sie das belebt. Der alte Mann hatte das sicher oft beobachtet, und man darf annehmen, daß er es in Ordnung fand.

Das sind, wie gesagt, nachträgliche Gedanken. Ich hätte sie damals nicht in der Härte denken können, wie ich sie jenem alten Mann zugeschrieben habe, von dem die Anekdote diesen schroffen und eisernen Satz überliefert hat. Aber wenn man mich gefragt hätte, was die bevorstehende Beerdigung für mich bedeute, dann hätte ich gesagt: Das ist für mich ein ritueller Abschied, den ich so bewußt wie möglich erleben will. Der wirkliche Abschied hatte schon vor Wochen stattgefunden, am Tag unserer Abreise, bei unserem letzten Krankenbesuch in dem fürchterlichen Moment, als ich, schon auf dem Flur stehend, die Tür des Krankenzimmers schloß und damit unsere Blicke durchtrennte. Verglichen damit schien mir die Beerdigung nur eine Formalität zu sein. Ich wußte ja nicht, daß ich ihn noch einmal sehen würde.

Wir kamen gegen Abend in Wien am Westbahnhof an und wurden von einem unserer Neffen und seiner Frau mit dem

Auto abgeholt und in die Wohnung in der Gentzgasse gefahren. Bei unserem letzten Krankenbesuch war sie schon so weit fertig gewesen, daß wir darin wohnen konnten. Seitdem hatte sich nichts mehr verändert, und die kleinen Lücken und Unvollkommenheiten der Einrichtung ließen das ganze Ensemble als einen steckengebliebenen Traum erscheinen.

Sie war 270 Quadratmeter groß und durch geschickte Mauerdurchbrüche in eine weitläufige Raumflucht verwandelt worden. Es gab besondere Attraktionen, wie ein rundes Turmzimmer, das als Konferenzraum oder als festlicher Speiseraum dienen konnte, einen großen Dachgarten, noch ohne Bepflanzung, zwischen Schlafzimmer und Frühstückszimmer gelegen, einen unregelmäßig geschnittenen Eingangsbereich mit einer sehr schönen, eigens dafür entworfenen Trennwand aus Holz und Glas, hinter der der Wohnbereich begann. Stilistisch stellte die Wohnung ein sehr wienerisch anmutendes Gemisch aus dezent modernen Möbeln und venezianischen Spiegeln und Lampen dar. Die grün bezogenen Sitzmöbel des großen Wohnraums – es war das besondere Grün patinierter Kupferdächer – hatte mein Bruder in einer Werkstatt in Norditalien bestellt, weil er angeblich in Wien nichts hatte finden können, was seinen Vorstellungen entsprach.

Wir hatten bei unserem letzten Krankenbesuch den Nachtzug benutzt, und H., die uns am Bahnhof abholte, war mit uns zum Frühstück in die Wohnung gefahren und hatte uns alles gezeigt, was wir wissen mußten. Sie selbst wohnte nicht hier. Die Wohnung hatte sie zusammen mit meinem Bruder geplant und eingerichtet, und als er krank wurde, hatte sie den Ausbau überwacht. Aber als die Wohnung bezugsfertig war, gab es kaum noch Hoffnung, daß sie jemals zusammen mit ihm dort einziehen würde, und es bedrückte sie, allein in den ungewohnten Räumen zu sein. Sie hatte es nur kurz versucht und war dann wieder in ihre alte Wohnung gezogen, mit praktischen Begründungen, aber vor allem, um nicht depressiv zu werden.

Er war ungehalten über diesen Rückzug gewesen, fast als wäre es ein Verrat. Die Wohnung war für ihn sein Brückenkopf im Leben. H. sollte ihn besetzt halten und damit ihm und der Welt und allen feindseligen Mächten beweisen, daß sie an seine Gesundung glaubte.

Als wir noch am Vormittag unserer Ankunft, gleich nach der Visite, in sein Krankenzimmer traten, saß er mit hochgestelltem Kopfteil im Bett und erwartete uns. Bei der letzten chemotherapeutischen Behandlung hatte er seine Haare verloren, und inzwischen war ein dünner Flaum nachgewachsen, ein graues, filziges Moos, das seinen Schädel wie eine flache Kappe umhüllte. Zu meiner Überraschung faßte er es gern an, fast zärtlich und ein wenig stolz auf dieses Lebenszeichen, das seine Kopfhaut hervorgebracht hatte. Er war noch magerer geworden, was seinem Gesicht eine asketische Schärfe gab. Aber seine Augen, die groß und dunkel aus seinem Gesicht hervortraten, leuchteten auf, als er uns hereinkommen sah.

Wir hatten uns kaum zu ihm gesetzt, meine Frau auf den einzigen Stuhl, ich auf das Fußende seines Bettes, da fragte er uns schon, wie wir seine neue Wohnung fänden. Es war nicht schwer, sie zu loben, und wir taten es ausführlich. Ich hatte dabei das unbehagliche Gefühl, daß wir dauernd an einem Abgrund entlanggingen. Ich sagte: »Wir werden uns bestimmt wohl fühlen in der Wohnung«, und erschrak, weil dieser einfache, harmlose Satz wie einen Schatten einen anderen, ungesprochenen Satz mit sich zog, an den ich nicht gedacht hatte, der aber die notwendige Ergänzung zur Beschreibung der Situation war: »Und du liegst elend in diesem Krankenzimmer.«

Er sagte nichts, schien es nicht bemerkt zu haben. Oder es war ihm längst selbstverständlich, und sein Wunschleben, für das er die Wohnung entworfen hatte, war ihm schon so weit entrückt, daß er nur über uns, die an seiner Stelle dort einige Tage lebten, eine Beziehung dazu gewinnen konnte. Gierig saugte er alle bewundernden und anerkennenden Worte auf. Seine schwächer werdende Hoffnung auf Leben und sein Wunsch, sich durch sichtbaren Erfolg zu rehabilitieren, lösten sich allmählich voneinander. Doch dann wieder verschwamm beides, und man wußte nicht, was er zu hören hoffte, wenn er seine Fragen stellte.

Als er erfahren hatte, daß die Möbel aus Italien geliefert worden waren, hatte er zu H. gesagt: »Einmal möchte ich auf meiner grünen Couch sitzen.« Das war zweideutig formuliert, denn »einmal« konnte »irgendwann in der Zukunft« bedeuten, und war dann die Formel einer ins Unbestimmte verschobenen, aber festgehaltenen Hoffnung auf Rückkehr ins Leben. Oder es hieß »ein einziges Mal«. Die gegnerischen Mächte, die über ihn befanden, die Ärzte und die Krankheit, strichen die erste Version aus dem Arsenal der Möglichkeiten, erlaubten ihm aber in den Erholungspausen zwischen den Behandlungen für eine Frist von drei Wochen und dann noch einmal für eine Stunde die Erfüllung des Wunsches in seiner zweiten, fast nur noch symbolischen Form.

Das letzte Mal durfte er am Vorabend der dritten und radikalsten Chemotherapie, die ihm nur geringe Überlebenschancen ließ, für einige Stunden die Klinik verlassen. Er hatte zwei Tage darum kämpfen müssen und nur wegen unseres Besuches in Wien die Erlaubnis bekommen. Die Ärzte hatten ihn durch eine Bluttransfusion von innen her geschminkt und ihn mit kreislaufstützenden Mitteln versorgt. So sah er auf verwirrende Weise wie ein vitaler Todkranker aus. Auch H. war gekommen, und wir saßen zu viert in der grünen Sitzgruppe, die den Mittelpunkt der Wohnung bildete. Um uns herum war viel freier Raum. Einem fremden Beobachter wären wir vielleicht wie ein lebendes Bild auf einer Bühne erschienen. Wir waren die ersatzweisen Darsteller der Lebensszenen, für die die Wohnung entworfen worden war und die nie hier stattfinden würden.

Jetzt, am Vorabend der Beerdigung, als ich meinen Koffer auspackte und meinen schwarzen Anzug in den Wandschrank zwischen die Anzüge meines Bruders hängte, kam mir die Wohnung vor, als sei sie von Eindringlingen besetzt worden. Als wir bei unserem letzten Krankenbesuch hier gewohnt hatten, waren wir die Gäste meines Bruders gewesen. Nun waren wir hier ohne seine Zustimmung, weil er nichts mehr dazu sagen konnte.

Während ich durch die Räume ging, tauchten vor meinem inneren Blick die menschenleeren Dörfer und verlassenen Häuser auf, in die ich während der kurzen Vorstöße und der langen Rückzüge der beiden letzten Kriegsjahre als Soldat gekommen war. Manchmal waren die Fenster der Häuser eingeschlagen und die Türen aufgetreten, und man konnte einfach hineingehen. Aber ich hatte das Gefühl gehabt, ich verletze eine fremde Aura, während ich durch die leeren Räume ging, umgeben von den Spuren eines verschwundenen, noch nicht ganz ausgelöschten Lebens. Und wenn ich irgendwo in einer bäuerlichen Vorratskammer schnell einen Klumpen Schmalz in mein Kochgeschirr füllte oder aus dem Stroh eines Hühnerstalls ein Ei hervorklaubte, um es auszuschlürfen, rechnete ich mit einer fremden geisterhaften Stimme, die mich aus einer dunklen Ecke des Raumes fragte; »Was machst du da?«

»Was machst du da?« fragte mich mein Bruder. »Ich sitze in einem deiner grünen Sessel«, sagte ich, »genau in demselben wie beim letzten Mal, als du mir gegenübersaßest.« »Und warum bist du schon wieder hier?« fragte er mich. »Weil morgen deine Beerdigung ist.« Die Antwort schien ihm nichts zu sagen, denn er fragte weiter, wie ich mir vorstellte, wie ich zu hören glaubte, mit einer matten, unerregten Stimme, als hätte er die Augen geschlossen und schliefe, könne aber alles sehen, nur durch einen Schleier hindurch. »Und was macht Maria in der Küche?« »Sie sucht etwas zu essen.« »Und was machen meine Söhne und meine Schwiegertochter in meinem Büro?« »Sie blättern deine Geschäftsakten und deine Korrespondenzen durch. Sie wollen sich ein Bild von deiner Verlassenschaft machen.«

Ich hatte den österreichischen Begriff gebraucht, den ich heute zum ersten Mal von meinen Neffen gehört hatte. Sie hatten ihn von ihrem Wiener Rechtsanwalt übernommen. Verlassenschaft – ich lauschte diesem fremden Wort nach. Es wollte einem nahelegen zu denken, dem Sterbenden seien die Dinge, die sein Leben ausmachten, nicht einfach aus der Hand gefallen. Er habe sie vielmehr fallengelassen und sich von ihnen abgewandt, um fortzugehen. Hinter ihm hatten sich die Zusammenhänge seines Lebens aufgelöst und alles, was für ihn einmal Sinn hatte, war liegengeblieben als ein Haufen Gerümpel.

Verlassenschaft – plötzlich gefiel mir dieses Wort. Es schillerte zwischen Aufbruch und Abbruch. Anders als das bei uns gebräuchliche »Hinterlassenschaft« kappte es alle Verbindungen zum alten Leben. Das rührte an die alte Faszination, die für mich Menschen haben, die spurlos verschwinden. Eines Tages kommen sie nicht mehr zur Arbeit, werden nirgendwo mehr gesehen, antworten nicht auf Klingeln, Klopfen und Rufen. Schließlich bricht man ihre Wohnung auf. Alles ist noch da und steht wie unberührt an seinem Platz: ein Bühnenbild für ein Stück, das jeden Augenblick wieder beginnen könnte. Nur der Darsteller fehlt. Tritt er in einem anderen Stück auf? Wird er eines Tages wieder da sein? Hier ist alles so auf ihn zugeordnet, daß man denkt, er habe sich verspätet und werde gleich ein wenig atemlos hereinkommen.

Du aber bist tot, dachte ich. Und wenn es eine Steigerung des Wortes »tot« gäbe, dann mußte sie morgen in Kraft treten, wenn der Sarg in das Grab gesenkt war. Ich wartete darauf, ich wollte ein deutliches Ende. Ja, es gab Steigerungen des Totseins, den Dreischritt von gestorben, erinnert, vergessen. Die beiden letzten Phasen des Sterbens fanden in den Köpfen der Hinterbliebenen statt. Heute während der langen Bahnfahrt von Köln nach Wien hatten wir damit begonnen. Wir hatten unsere Erinnerungen an den Toten ausgetauscht und ihn so, ohne daß wir das begriffen, zu einer Gestalt unserer Vergangenheit gemacht, einen Menschen ohne Gegenwart und ohne Zukunft. Wir waren weit zurückgeschweift in die erste Hälfte der fünfziger Jahre, als wir gerade geheiratet hatten und im Leben Fuß zu fassen versuchten. Damals hatte er uns häufig in Bonn besucht, weil er sonst nicht viel Halt im Leben hatte. Er war groß und schlank, und ich nehme an, daß viele Leute darin übereinstimmen würden, er sei ein gutaussehender junger Mann gewesen, mit großen dunklen Augen, die seine ganze Impulsivität zeigten. Das auffällige Strahlen seiner Augen kam aus Schichten seiner Person, die in allen Lebenskrisen und schlimmen Erfahrungen heil geblieben waren. Es war das geliebte Kind in ihm, aus dem er seine erstaunlichen Kräfte, aber auch seine Illusionen schöpfte. Noch im Krankenhaus habe ich einige Male dieses plötzliche Aufleuchten seiner Augen gesehen. Damals, in der Zeit, von der wir sprachen, studierte er unter den härtesten Bedingungen, dicht an der Hungergrenze, in München und Köln Betriebswissenschaft. Als unsere erste Tochter, sein Patenkind, geboren wurde, war er als einer der ersten Besucher mit dem Fahrrad von Grevenbroich am Niederrhein zu dem Krankenhaus im Süden von Bonn gefahren, hin und zurück fast 120 Kilometer. Das Geld für eine Fahrkarte hatte er nicht.

Auch wir hatten wenig Geld damals. Wenn wir zu viert – eine Schwester meiner Frau hatte sich uns zugesellt – in ein Lokal am Rhein zum Tanzen fuhren, mußte eine Flasche Wein vom oberen Rand der Karte möglichst für den ganzen Abend reichen.

Es ist keine schlechte Erinnerung, arm gewesen zu sein, wenn es einem gelungen ist, sich allmählich aus der Armut herauszuarbeiten. Bei uns war das ein langsamer, aber stetiger Prozeß, bei meinem Bruder ein dramatisches Auf und Ab mit katastrophalen Einbrüchen und überraschenden neuen Erfolgen. Abwechselnd war er viel wohlhabender oder viel ärmer als wir. Doch machte ihn das nicht vorsichtiger, sondern ungeduldiger und waghalsiger, als fehle ihm der Instinkt für Gefahr. Immer eilte er der Entwicklung voraus und rechnete mit Erfolgen, die noch nicht sicher waren, und um sicher zu sein, baute er komplizierte Konstruktionen auf, nicht bedenkend, daß er damit nicht nur seine

Chancen, sondern vor allem auch seine Risiken vermehrte. Er war ein Schachspieler, der gleichzeitig an vielen Brettern spielte und immer auf Angriff und mit vollem Risiko. Wenn er mir seine simultanen geschäftlichen Unternehmungen und Spekulationen erklärte, hatte ich manchmal Schwierigkeiten, ihm zu folgen. Es waren weitläufig verknüpfte Vorgänge, deren wichtigster Halt er selbst war: seine Intelligenz, seine Arbeitswut und sein Glück. Niemals hat er damit gerechnet, daß ihm etwas Schwerwiegendes passieren könnte.

Ich ging noch einmal ins Büro zu meinen beiden Neffen, die zwischen aufgetürmten Akten saßen, und fragte, wie sie vorankämen. Nichts von dem, was sie suchten, hatten sie bisher finden können. Den älteren der beiden, der Tierarzt war, hatte ich während seines Studiums einige Male in Berlin getroffen und zuletzt hier in Wien bei meinem ersten Krankenbesuch im vergangenen Dezember. Den jüngeren hatte ich zuletzt als einen kleinen Jungen gesehen, damals, Ende der siebziger Jahre, als die Ehe seiner Eltern unter dem Druck vieler gleichzeitiger Belastungen sich aufzulösen begann. Mitten in einem Streit, den ich vergeblich zu schlichten versucht hatte, war er plötzlich ins Zimmer gekommen und hatte mich mit verängstigter Stimme gefragt, ob ich die Nacht über bleiben könne. Jetzt war er ein hochaufgeschossener junger Mann, der wortkarg und verschlossen wirkte. Unsere Unterhaltung kam nicht über konventionelle Fragen und floskelhafte Antworten hinaus.

Die Szene damals war der Anfang des Endes gewesen. Nicht lange danach klingelte mein Bruder spätabends an unserer Tür und fragte, ob er einige Zeit bei uns wohnen könne. Vorm Haus stand sein Wagen, beladen mit seiner persönlichen Habe und einigen Geschäftsakten. Alles lag wüst durcheinander auf dem Rücksitz und im Kofferraum. Wir trugen die Sachen nach oben und richteten ihm ein Zimmer ein, saßen dann zu zweit bis zum Morgengrauen zusammen und redeten. Diese Nacht war eine Pause in seinem Leben. Es gab ein Vorher und ein unbestimmtes Nachher, aus dem ein kaum merklicher belebender Luftzug herüberwehte.

Er hatte vor, nach Wien zu gehen, wo ihm noch zwei Filialen eines größeren Firmenzusammenhanges geblieben waren. Er wollte versuchen, sie aus dem Konkurs zu retten und allmählich seine Schulden abzutragen. Aber die Schuldzinsen fraßen seine Gewinne, und es dauerte viele Jahre, bis ihm ein neuer, überraschender Aufstieg gelang. Er entdeckte die Möglichkeit, aus den Erfahrungen seines geschäftlichen Desasters einen Beruf zu machen, und wurde ein vielbeschäftigter Konkursverwalter, der im Auftrag der Gläubigerbanken bankrotte Firmen analysierte, auflöste oder zu sanieren versuchte, ein Mann, dessen Gutachten gefragt waren und der schnell das Vertrauen der Belegschaften der von ihm verwalteten Firmen gewann. In diesen Jahren – es waren drei oder vier, je nachdem, wie man es rechnet – entwickelte er ungeahnte Kräfte und Fähigkeiten. Er war bereits Mitte Fünfzig, aber er hatte den Zweiten Atem bekommen, wie die Boxer sagen, wenn ein schwer angeschlagener Kämpfer plötzlich mit neuem Mut aus seiner Ringecke kommt und sich entschlossen daranmacht, seine drohende Niederlage in einen Sieg zu verwandeln. Er kämpfte nicht nur um den Erfolg, sondern vor allem um seine Rechtfertigung. Er wollte zeigen, daß seine Fehlentscheidungen, denen seine Firma zum Opfer gefallen war, nichts über ihn aussagten. Er wollte beweisen, daß er besser als alle seine Konkurrenten war. Ich weiß nicht, ob der Tod diesen Versuch widerlegt oder nur abgebrochen hat.

Ich rief dann noch H. an, die mit ihrer Schwester zusammen war und hinter der umsichtigen Besorgnis, mit der sie sich nach uns erkundigte, ziemlich verstört wirkte. Ich fragte nach den Formalien des morgigen Tages und bot ihr an, sie zum Grab zu führen. Die Vorstellung schien sie zu beruhigen. Es war ein Stück Ordnung, an das sie sich halten konnte. Hinter uns sollten die Söhne meines Bruders folgen. Meine Frau wollte mit H.s Schwester zusammen gehen.

Auch wir spürten nach dem langen Reisetag die Müdigkeit, und unsere Entspannung ging allmählich in Erschlaffung über. Es gab nichts mehr zu tun und nichts zu versäumen, und die Beerdigung war erst morgen mittag um 13 Uhr. Im Badezimmer vor dem großen Spiegel mußte ich daran denken, daß noch vor einiger Zeit mein Bruder in diesen Spiegel geschaut und eine schlimme Auskunft über sich bekommen hatte, und ich spielte einen Moment mit dem Gedanken, sein Gesicht könne aus der Tiefe des Spiegels wieder auftauchen und sich mit meinem Spiegelbild vermischen. Die seltsame Vorstellung erlosch erst, als ich das Licht ausmachte.

Ich hatte ruhig und tief geschlafen in dem fremden Bett und erwachte in dem Gefühl, erholt zu sein. Meine Frau war schon aufgestanden und verließ gerade das Zimmer. Da ich mich nicht rührte, nahm sie an, ich schliefe noch, und zog die Tür behutsam hinter sich zu.

Es war unterschiedlich hell im Zimmer. Ein nächtlicher oder morgendlicher Luftzug hatte die Fenstertür zum

Dachgarten weiter aufgedrückt und die Vorhänge, die das starke Sonnenlicht filterten und dämpften, einen Spalt breit aufgeschoben. Von dort fiel eine scharf begrenzte helle Lichtschneise über das Bett, beleuchtete deutlich alle Falten und Buchten der weißen Laken und Kissen und stieg, sich verbreiternd und ein wenig verblassend, an der Wand hoch. Das war die Signatur des strahlenden Frühlingstages, den die Wettervorhersage versprochen hatte. Wir waren gestern dankbar gewesen für diese Ankündigung, doch jetzt, aus tiefem Schlaf aufwachend, kam mir diese starke Helligkeit wie ein Überfall und ein nicht geheueres Wunder vor.

Ich schloß noch einmal die Augen, um mich in dem Gefühl zu sammeln, daß ich den Anforderungen des Tages gewachsen sei, und während ich mir meines Körpers und meiner Lage im Bett bewußt wurde, begann ich an ihn zu denken, meinen Bruder, der seit acht Tagen im Leichenkeller des Allgemeinen Krankenhauses in einem Kühlfach lag. Aufbewahrte Tote lagen wohl immer auf dem Rücken. An einem Fußgelenk war der Zettel mit seinem Namen und seinen Lebensdaten befestigt, damit man ihn nicht verwechseln konnte. Vielleicht wurde er jetzt, während ich aufstand, von den Angestellten des Beerdigungsinstitutes aus dem Wandfach herausgezogen, zurechtgemacht und in den Sarg umgebettet. Oder vielleicht holten sie ihn nur ab und machten ihn in ihren Geschäftsräumen für die Beerdigung zurecht, hoben ihn dann mit geübtem Griff in den Sarg.

Es war sicher ein bedrückend respektabler Sarg, und er würde in einer langgestreckten schwarzen Limousine mit auflackierten silbernen Palmwedeln und zugezogenen Vorhängen zu einer der Friedhofskapellen transportiert werden, wo in regelmäßigen Abständen die Trauerfeiern stattfanden. Halle 1 hieß der Ort in größtmöglicher Sachlichkeit. Die Anlieferung der Särge und der dazugehörigen Kränze und Buketts mußte nach einem strengen Zeitplan erfolgen, falls es nicht Nebenräume gab, in denen die Särge und der Blumenschmuck so lange aufbewahrt werden konnten, bis sie an die Reihe kamen und in der Kapelle für die Trauerfeier aufgebaut wurden. Ich hatte mir nie darüber Gedanken gemacht, nach welchen Regeln und Routinen das Management des Todes funktionierte. Für mich war der Tote aus dem Sterbezimmer in ein lemurenhaftes Zwischenreich entführt worden, wobei er seine Sichtbarkeit verloren hatte und zu einem Gegenstand geworden war. Und als ich ihn mir jetzt vorzustellen versuchte, erschien er mir nur noch als das sperrige Zentrum einer undeutlichen Geschäftigkeit, die sich in unbestimmter Entfernung mit gespenstischer Lautlosigkeit an irgendeinem Niemandsort abspielte, gleichsam durch ein umgedrehtes Fernrohr und außer Rufweite von mir wahrgenommen.

Die Beerdigung fand auf dem Friedhof Neustift am Walde statt, der zum 19. Wiener Bezirk gehört und am sich zerfasernden Rand der Stadt liegt. Entlang der Hauptstraße hat sie sich dort einige Dorfreste einverleibt, bevor sie sich ins offene Land verliert. Das Areal des Friedhofs mit seinem schönen alten Baumbestand liegt langgestreckt und sanft ansteigend auf einem Hügelrücken, der kurz hinter der westlichen Begrenzungsmauer in eine weite, locker bebaute Talmulde abfällt. Dahinter, schon in der Ferne, erhebt sich ein bewaldeter Höhenzug. In seinem Vorland, in dem Wein angebaut wird, liegen die berühmten Winzerorte Sievering und Grinzing mit ihren vielen Heurigenlokalen.

Wir waren als erste beim Friedhof angekommen, fast

eine halbe Stunde zu früh, und nutzten die Zeit zu einem Rundgang zwischen den Gräbern. Friedhöfe, die ans offene Land grenzen, scheinen mehr Austausch mit dem Leben zu haben als Friedhöfe in der Stadt, die vom Verkehr umflossene, nach außen abgegrenzte Inseln sind, künstliche Enklaven des Todes in einem Leben, das nichts von ihnen zu wissen scheint.

An diesem Tag – es war der 19. Mai – wirkte der Friedhof wie ein lichter, von hellem Sonnenschein erfüllter Bergwald. Ein blauer, wolkenloser Himmel überwölbte die Welt. Tauben gurrten, unsichtbar, aber nah, mit einem tiefen Glucksen in der Kehle, und überall um uns herum sangen die Vögel. Das steil einfallende Mittagslicht, von den blassen, unfesten Schattenmustern überhängender Zweige durchwirkt, verschmolz alles zu einer einzigen überströmenden Gegenwart.

Unwillkürlich war ich stehengeblieben und blickte auf meine blankgeputzten schwarzen Schuhe. Ich hatte den Kontakt zur Situation verloren und mußte mich zur Ordnung rufen. Gleich wurde auf diesem Friedhof mein Bruder beerdigt. Deswegen war ich hier. Ich mußte mich jetzt darauf einstellen, auch wenn es mir aus irgendeinem Grunde schwerfiel, das, was geschah, in mich aufzunehmen. Unten auf dem Vorplatz der Kapelle sammelten sich schon die ersten Trauergäste.

Vom Parkplatz kamen H. und ihre Schwester herüber, zwei schwarz gekleidete, schlanke Frauen mit schwarzen Hüten, H., die Hauptleidtragende, tief verschleiert. Nur andeutungsweise sah ich ihr blasses Gesicht mit den verschatteten Augen und dunkel geschminkten Lippen. Das Individuelle schien ausgelöscht oder war hinter dem Schleier zu einem Geheimnis geworden. Sie war die Frau meines Bruders. Ende des vergangenen Jahres hatten sie heiraten wollen. Als wir uns umarmten, sagte ich ihr einige begütigende Worte. »Danke, danke«, antwortete sie. Ihre Stimme war klein, leise und bebte vor Gefühl, auch als sie den Leuten dankte, die auf sie zutraten und murmelnd ihr Beileid ausdrückten. Ich stand neben ihr, beim Eingang der Kapelle, und sah den fremden oder flüchtig bekannten Menschen ins Gesicht, die mir die Hand drückten, und dann, als wollten sie sich in Sicherheit bringen oder als habe sie dieser Augenblick fast ausgelöscht, still zur Seite verschwanden. Vage erinnerte ich mich an einen berühmten theoretischen Streit über die Frage, ob die Menschen traurig oder heiter aussehen, weil sie traurig oder heiter sind, oder ob erst der Ausdruck das entsprechende Gefühl erzeugt. Wie auch immer es sich verhielt, es lief auf dasselbe hinaus.

Die Trauergäste, die jetzt auf dem Vorplatz der Kapelle eintrafen, kamen nicht mehr auf uns zu, sondern hielten deutlichen Abstand von den Mitgliedern der Familie, und so stellte sich schon die Ordnung der Trauerfeier und des Ganges zum Grabe her. Ich spürte, daß H. neben mir unruhig wurde und wandte mich ihr zu. »Ich möchte ihm noch etwas mitgeben«, flüsterte sie. »Begleitest du mich?«

Es war, als würde ich plötzlich aufgeweckt. Ja, das wollte ich! Ich hatte nicht damit gerechnet, ihn noch einmal zu sehen. Nun schien mir das der Sinn meiner Reise zu sein. Der Friedhofsdiener, der nahe bei uns am Eingang der Kapelle stand, nickte, als H. ihm ihren Wunsch vortrug, und ging mit uns hinein.

Der Sarg stand etwas erhöht auf dem schwarzverkleideten Anhänger des Elektrokarrens, mit dem er nach der Trauerfeier zum Grab gefahren werden sollte. Er war umgeben von Kränzen und Buketts, die uns daran hinderten, ganz heranzutreten. Der Friedhofsdiener räumte auf unserer Seite einige Kränze weg, und bevor er den Sargdeckel aufklappte, sagte er leise zu H., der Kopf des Toten sei beim Transport zur Seite gefallen. Ich weiß nicht, ob er das aus Zartgefühl tat oder weil er es als Kunstfehler empfand, daß man das nicht korrigiert hatte. Ich verstand seine Bedenken erst später, als ich den Toten sah.

Es ist ein beklemmender Augenblick, wenn der Deckel einer so großen düsteren Holzkiste, wie es ein Sarg ist, aufgeklappt wird und darin, gebettet in ein seidiges Innenfutter, ein Mensch liegt, den man gut kennt. Das ist er, denkt man. Er liegt da, preisgegeben unseren Blicken, und obwohl wir darauf vorbereitet sind, ist der ungewohnte Anblick eine Erschütterung.

Das ist die erste Welle des Erschreckens. Die zweite kommt wie eine sich nähernde Flut oder durchdringende Kälte, die an einem hochsteigt: Man beginnt, anders als man es längst wußte, zu begreifen, daß dieser Mensch tot ist. Seine völlige Reglosigkeit und die phänomenale Stille seiner ganzen Erscheinung drücken den Tod aus. Kein Atemzug, kein Wimpernschlag, keines der Lebenszeichen, die man an sich selbst spürt, während man ihn betrachtet. Jenseits des unsichtbaren Grabens, der uns von dem Toten trennt, herrscht der andere Zustand, das Geheimnis vollkommener Abwesenheit. Der Tote ist eine Puppe aus verweslichem Material, liegengebliebener, unbrauchbarer Leib, noch zusammengehalten durch Haut und Knochen. Wäre er nackt, könnte man schon die Fäulnisstraßen der Venen unter der Haut sehen.

Man hat die übliche feierliche Maskerade an ihm vorgenommen. Er ist in seinen schwarzen Anzug gekleidet, als wäre er sein eigener Trauergast. Sein weißes Hemd ist ihm am Hals zu weit geworden, und der dicke, bäuerische Knoten der schwarzen Krawatte, gebunden und hochgeschoben von einer fremden Hand, spreizt die Kragenenden auseinander. So angezogen müßte er eigentlich sitzen oder stehen, doch er liegt, zugedeckt bis zur halben Brusthöhe, in dem weißen, glänzenden Innenfutter des Sarges, wie ein teures Präsent in einem luxuriösen Futteral.

»Wie fremd«, flüstert H. neben mir, »wie fremd.«

Ich ahne, daß sie gegen einen Bann ankämpft. Sie hat diesen Menschen geliebt, hat ihn umarmt, ist von ihm umarmt worden. Nun sträubt sich etwas in ihr, dem kalten Leichnam näher zu treten. Diese Kälte könnte eindringen in ihre Erinnerungen.

Dann läßt sie doch meinen Arm los und tritt an den Sarg heran, um dem Toten ein Amulett mit ihrem Bild auf die Brust zu legen. Die scheue, zärtliche Geste steht in einem überwältigenden Gegensatz zu seiner Reglosigkeit. Sein unbewegliches Gesicht drückt nichts aus und hat nichts mehr preiszugeben. Es ist glatte, leere Oberfläche, wie aus gelblicher Seife gegossen. Hat ihn vielleicht jemand mit dieser widerlichen Farbe geschminkt? Nein, das ist die schwere Gelbsucht, die die vielen chemischen Gifte erzeugt haben, die man in ihn hineingepumpt hat. Das Kühlfach des Leichenkellers hat das Bild dieser Krankheit fixiert. Es wird sich bald auflösen, von innen her. Kein Halten wird es mehr geben in der Verwesung, die bald beginnt. Das seifige Gelb, das ihn ohne Schwankungen überzieht, ist die letzte Täuschung. Auf dem Jochbein zeigt sich schon ein kleiner dunkler Fleck, der Fingerabdruck des Todes.

Wie der Friedhofsdiener es angekündigt hat, ist der Kopf

des Toten zur Seite gefallen. Es sieht aus, als habe er einem Angriff ausweichen wollen. Schon ohnmächtig, unter dem Zugriff einer fremden Gewalt, hat er den Kopf abgewandt und im Kissen Schutz gesucht. Ich habe diese Bewegung schon einmal gesehen, als er bei meinem ersten Krankenbesuch seine Verzweiflung vor mir verbergen wollte. Verleitet durch seine Fragen, hatte ich ihm von einer öffentlichen Ehrung erzählt, die ich zwei Tage vorher erhalten hatte. Durch sein Interesse hatte er mich und sich selbst getäuscht. Doch plötzlich hatte ihn das ganze Gewicht seines Unglücks getroffen und schluchzend und nach Luft ringend hatte er sein Gesicht in das Kissen gewühlt. Der Transport des Sarges hatte diesen fürchterlichen Moment noch einmal für mich hergestellt.

Ich sehe das alles wie durch ein aufgerissenes Loch. Er scheint in der Tiefe dieses Loches zu versinken, weggesaugt aus meinem Blick. Gerade seine Reglosigkeit läßt meine Aufmerksamkeit schwanken. Ich will ihn festhalten, aber er entgleitet mir. Obwohl ich meinen Blick fest auf ihn richte, nehme ich ihn mit immer wieder schwindender Schärfe wahr. Es scheint sich etwas über ihm zusammenzuziehen und seine Sichtbarkeit zu vermindern, als schließe sich eine Wunde, bilde sich über ihm eine Haut. Ich müßte einige Stunden oder eine Nacht mit ihm allein sein, hin und her gehen, ab und zu in sein Gesicht schauen. Vielleicht könnte ich für Augenblicke hinübergelangen über die sich vertiefende Grenze oder ihn zu mir herüberziehen. Ich möchte mir etwas aneignen von ihm, aber ich weiß nicht, was. Er hat nichts, was er mir geben kann, und ich spüre nur Leere im Kopf.

Aus dem Hintergrund tritt mahnend der Friedhofsdiener heran und sucht H.s Blick. Sie nickt ihm zu, und er schließt vor unseren Augen den Sarg. Eine gute Schreinerarbeit mit Nut und Feder, die ineinandergreifen. Die Trauerfeier kann pünktlich beginnen.

Ich stehe neben H. in der Reihe der Hinterbliebenen. Die Trauergäste haben sich an der Stirnseite der Halle aufgestellt. Der Pfarrer, ein Schulkollege von H., hält eine kurze Rede. Er greift die beiden Zeilen aus meinem Gedicht auf und gibt ihnen eine Bedeutung, an die ich nicht gedacht habe. Dies ist eine katholische Beerdigung, weil H. den befreundeten Kollegen für die Trauerfeier gewinnen wollte. Meinem Bruder wäre es wohl egal gewesen. Harmoniummusik ertönt, Bibelsätze werden vorgelesen, die Menge murmelt das Vaterunser. Dann treten die Friedhofsdiener heran und ordnen mit kundigen Handgriffen alles für den Transport zum Grab.

Gehen, aufgerichtet, mit gemessenen Schritten. Vor uns geht der Pfarrer, begleitet von einem Ministranten, der sich einen halben Schritt hinter ihm hält, davor die Friedhofsdiener in ihren dunkelgrauen kastenförmigen Uniformen. Einer steuert den Elektrokarren, auf dem der Sarg steht, die drei anderen gehen nebenher. Alle sind sie ungefähr gleich groß, ein gut abgestimmtes Team, um Särge auf den Karren zu heben und in die Gräber hinabzulassen. Der Motor des Karrens surrt leise. Es ist ein stetiges technisches Geräusch. Auf seinen luftgefüllten Gummireifen rollt das Gefährt mit dem Sarg den leicht ansteigenden Weg hoch. Es gibt ein zügiges Tempo vor, langsam genug, daß man noch in würdiger Gangart folgen kann. Neben mir an meinem Arm geht H., hinter uns seine beiden Söhne, dann der lange Trauerzug mir meist unbekannter Menschen, ein Gefolge trappelnder Schritte.

Wir ziehen eine Weile unter den Bäumen durch, die den Weg säumen, vorbei an alten Gräbern und verwitterten Gedenksteinen, hinter der nahen Friedhofsmauer das weite, besonnte Tal, in der Ferne abgeschlossen durch den bewaldeten Höhenzug. Die Vögel singen. Was sollen sie auch sonst tun an so einem strahlend hellen Tag? »Tod mit seinen schwarzen Lippen trägt in der Hand eine singende Amsel.« So wie es hier geschieht, habe ich es gemeint. Der Pfarrer hat von Hoffnung gesprochen, unbestimmt über das Grab hinausweisend. Für mich gibt es das nicht. Ich kann nur einstimmen in ein einziges Leben, solange es mir bleibt. Die Amseln tun es auch.

Vor uns fährt der Sarg. Ringsum mit Kränzen beladen, bildet er den starren Kern eines Blumenbergs. Ich versuche, mir den Toten darin vorzustellen, so wie ich ihn eben noch gesehen habe, suche dann in meinem Gedächtnis nach anderen Bildern. Ohne Verzug, ohne Einschränkung will ich ihn jetzt sehen, um ihn besser begleiten zu können. Aber ich kann ihn mir nicht mehr vor Augen rufen. Als wir das offene Grab erreichen und die Träger den Sarg vom Wagen heben und mit einem einfachen Mechanismus in die ausgeschachtete Grube hinablassen, kann ich ihn nur noch als das tote Gewicht denken, das dort angehoben und bewegt wird und zur Ruhe kommt. Er selbst bleibt verschwunden, eigensinnig, für sich. Es könnte auch jemand anderes sein, der dort beerdigt wird.

Am frühen Nachmittag sind Gäste in der Wohnung, alle noch in Schwarz. Es gibt einen Imbiß – Getränke, Kuchen, Kaffee –, und alle sind bemüht, schnell zurückzufinden in das alltägliche Leben. Ich empfinde diese eifrige Geschäftigkeit fast wie ein Komplott. Man spricht noch ein wenig über den Toten, und dann wendet man sich anderen Themen zu. Auf einmal stehe ich im Mittelpunkt. Man beginnt mir Fragen zu stellen, die ich schon oft beantwortet habe, Fragen nach dem Schreiben, nach meiner Auffassung von Literatur. Ich antworte nur zögernd, um anzudeuten, daß ich mich nicht für die Hauptperson halte. Dann komme ich doch in das Gespräch hinein. Seltsam, wie leicht ich mich fühle. Als würfe ich dauernd Ballast ab. Ich kann kaum noch unterscheiden, was ernst ist und was nicht. Alles schwebt in einem Zwischenreich gespenstischer Bedeutungslosigkeit.

Das Gefühl verläßt mich auch am nächsten Tag nicht, als wir im Naturhistorischen Museum an lauter Glasvitrinen mit ausgestellten Schmetterlingen vorbeigehen, dem ganzen Variantenreichtum der Evolution. Und ich empfinde diese nichtswürdige Leichtigkeit auch, als wir das Grab besuchen, die Kranzschleifen ordnen und einige Aufnahmen machen: Bildbelege für das Familienalbum.

Am Nachmittag, bei immer noch wunderschönem Wetter, fahren wir mit H. und ihrer Schwester in H.s Gartenhaus am Rand der Stadt. Die ersten Ungewißheiten und Befürchtungen tauchen auf über das geschäftliche Erbe, das mein Bruder hinterlassen hat. H. tut mir leid. Sie macht sich berechtigte Sorgen und will doch nicht zulassen, daß ein Schatten über ihre Erinnerungen fällt. Wenn, wie ich befürchte, mein Bruder wieder riskant geplant hat, dann muß seine Situation durch das halbe Jahr seiner Krankheit sehr heikel geworden sein. Ich brauche nur beiläufig daran zu denken, um sofort meine ganze Abwehr zu spüren. Du verdammter Traumtänzer, mußtest du immer schon alles haben wollen, was dir noch gar nicht gehörte? Wenn du mir etwas beweisen wolltest, dann hast du es falsch gemacht.

Das Schwirren des heranfliegenden Pfeils

Da wir leben, schulden wir dem Dasein unseren Tod. Er ist uns mit dem Leben mitgegeben, als seine unentrinnbare, unabstreifbare Bedingung. Jean Paul hat dafür ein eindrucksvolles Bild gefunden. »Sobald wir anfangen zu leben«, schreibt er, »drückt oben das Schicksal den Pfeil des Todes aus der Ewigkeit ab – er fliegt so lange, als wir atmen, und wenn er ankommt, so hören wir auf.«

Manchmal, in unbewachten Augenblicken, hören wir das Schwirren des heranfliegenden Pfeils. Das können Augenblicke überwältigender Panik sein. Plötzlich zerrinnt die narzißtische Illusion, die uns trotz der vergehenden Zeit und der schweigenden Ungeheuerlichkeit des Universums und auch angesichts der Massenhaftigkeit des menschlichen Lebens und Sterbens ein freundliches Traumbild unserer persönlichen Bedeutung vorspiegelt. Es fällt uns wie Schuppen von den Augen, daß der Lebenslärm, den wir erzeugen, im Nu verhallen wird. Nichts scheint angesichts des über uns verhängten Todesurteils Bestand zu haben. Die Wucht dieser Erfahrung ist uneinfühlbar für andere Menschen, die sich im Besitz desselben Wissens glauben und damit leben, als sei es eine Trivialität. Verständnislos sehen sie, wie ein Mensch, der wahrscheinlich noch Jahrzehnte zu leben hat, vom Gedanken an den Tod bis in seinen Grund erschüttert wird.

Meistens ist die Todesangst nicht mehr als ein flüchtiger,

kalter Hauch, der uns sekundenlang erschauern läßt. Das noch Abwesende hat uns seine Vorboten geschickt, und sie haben uns gestreift. Es ist eine spirituelle Erfahrung. Sie weht uns an, wir wissen nicht, woher. Es können auch Beunruhigungen sein, die aus unserem Körper in unser Bewußtsein dringen. Ein unregelmäßiger Herzschlag, eine Schwäche, ein unerklärlicher Schmerz erinnern uns daran, daß die Undurchschaubarkeit des eigenen Körpers Teil des Dunkels der Zukunft ist, in dem der Pfeil auf uns zufliegt. Dann können wir zu den Ärzten gehen, die am Saum des Dunkels ihre Horchgeräte errichtet haben, um das Schwirren frühzeitig aufzufangen und bestimmen zu können.

Nicht immer scheint das Unheimliche uns zu meinen, nicht unmittelbar und nicht als sein besonderes Ziel. Es zeigt sich nur als ein Fluidum von Fremdheit und Distanz, das uns überall umgibt. Wellen schlagen an den Strand. Wir gehen inmitten einer fremden Menschenmenge oder kommen durch eine leere Straße. Es wird Nacht. Auf dem Tisch steht eine Tasse mit einem Rest Tee. Und auf einmal werden wir uns unserer grundsätzlichen Einsamkeit bewußt. Wir sehen die Welt, wie sie ohne uns sein wird, irgendwann, vielleicht bald.

Solche Anwandlungen sind leise, eindrückliche Belehrungen des Todes. Für einen Augenblick ziehen sie den Schleier der Täuschungen von der Welt weg. Nach einer Weile allerdings werden wir es nur noch wissen, als wüßten wir es nicht.

In den Wochen, in denen ich an deinem Krankenbett saß, haben wir nur harmlose, alltägliche Gespräche geführt. Du hast mich spüren lassen, daß du nicht bereit warst, über deine Lage zu reden, weil das Nicht-Aussprechen der Wahrheit das letzte Reservat der Hoffnung war. Nur ab und zu hast du mich wissen lassen, daß du wußtest, wie es um dich stand. Mir fiel es dann zu, dir wieder Mut zu machen.

Wir hatten auch keine Anknüpfungspunkte in früheren Gesprächen, denn es war zwischen uns nicht üblich gewesen, über die letzten Dinge zu sprechen. Die Themen des Tages waren wichtiger, die Zukunftsaussichten, Pläne und Ziele erschienen interessanter. Und am liebsten sprachst du über deine Erfolge.

Nur einmal, als du allein und noch ohne Aussichten auf einen neuen Anfang in Wien lebtest, hast du mich gefragt: »Was soll das alles?« Und mit »alles« meintest du das ganze Leben: die täglichen Anstrengungen und den jahrelangen Kampf, die Zufälle, die Ungerechtigkeiten und das Unglück. Ich antwortete, nicht wörtlich, aber dem Sinne nach: »Es soll gar nichts. Es ist nur, was es ist. Jeder bekommt zufällige Karten in die Hand und muß versuchen, damit ein gutes Spiel zu machen. Auch im Unglück kann man ein gutes Spiel machen. Aber was das ist, muß man selbst herausfinden.«

Das Gespräch fand am Telefon statt, ziemlich spät in der Nacht. Ich saß noch am Schreibtisch, als du anriefst, und gleich bei deinen ersten Worten merkte ich, daß du ein wenig betrunken und sehr verzweifelt warst. So redeten wir eine Weile in der ungefähren, schwerfälligen Art, die mehr ein Austausch von Stimmen als von Gedanken ist. Ab und zu trankst du. Ich konnte es hören. Du unterbrachst deinen Satz für einen Augenblick und sprachst dann weiter. Noch nie hatte ich dich so erlebt.

Du trauertest wieder, als wäre es gestern geschehen, um deinen ältesten Sohn, der bei einem Unfall gestorben war. Und der Zusammenbruch deines Familienlebens und deines Geschäftes, deiner ganzen früheren Existenz verstörte und ängstigte dich. Du fühltest dich allein in aussichtsloser Lage, voller Zweifel an dir selbst. Ich begann auf dich einzureden mit den ersten besten Worten, die man für solche Gespräche bereithält: Du seist gesund und noch nicht alt. Du verfügtest weiter über alle deine Fähigkeiten. So würde sich alles allmählich wieder wenden. »Ich seh' nichts«, sagtest du, »alles ist dunkel.« Im Moment hatte ich die zwanghafte Vorstellung eines dunklen Zimmers, in dem du dich betrankst, und ich fühlte mich gedrängt zu sagen: »Dann mach doch das Licht an.« Aber das wäre eine bloße Metapher gewesen. Statt dessen sagte ich: »Das wird sich alles wieder ändern.« »Wie denn?« fragtest du. Das klang so erschöpft, so hoffnungslos, daß ich verstummte. Ich wußte, daß allein die Zinsen, die du für deine Schulden bezahlen mußtest, den ganzen Gewinn auffraßen, den du mit den beiden maroden Wiener Geschäften noch erwirtschaften konntest. Aber bisher hattest du immer optimistisch gesprochen. Ich konnte nur mit Allgemeinheiten antworten. Etwa so: »Man muß dem Leben eine Chance geben. Es tönt zurück, wie man hineinruft. Du darfst dich nicht fallen lassen. Nur vorübergehend, aber nicht auf lange Sicht.« Und so weiter und so weiter. Ich hörte dein unterdrücktes Schluchzen. Gleich danach faßtest du dich und sprachst weiter mit einer rauhen, schroffen Stimme, die selbstzerstörerische Dinge sagte und »das ganze Scheißleben« mit einbezog. Als du schließlich auflegtest, hast du den Vorhang wieder zugezogen. Es wurde nie wieder darüber gesprochen.

Das Schwirren des heranfliegenden Pfeils muß im Auf und Ab deines Lebens oft hörbar geworden sein. Nicht nur in dieser Nacht, als du mich anriefst, sondern vermutlich auch viele Male, als du mit dir allein geblieben bist. Ich nehme an, daß du versucht hast, es zu überhören. Als es dann lauter wurde, fast unüberhörbar laut, waren auch die Gegenstimmen stärker geworden. Es ging wieder aufwärts. Du hattest Erfolg. Was ich nur mit leeren Zuspruchsformeln beschworen hatte, war eingetreten. Du hattest eine neue Lebensgefährtin gefunden. Alles formte sich zu einem neuen Bild der Zukunft, das ebenso gediegen wie phantastisch erschien. Wie solltest du ahnen, daß du keine Zukunft mehr hattest?

Und doch war alles sichtbar: Wochen und Monate vorher und vielleicht schon länger.

Vor mir liegen vier Urlaubsfotos aus dem August 1988, drei vom Strand in Portugal, eins aus Verona. Nach Meinung der Ärzte, die vom Befund an rückwärts rechneten, war die Krankheit damals schon ausgebrochen. Die akute Leukämie kann auch einen langen Vorlauf in anderen Formen der Leukämie haben, die dann fließend in das finale Stadium übergehen. Wenn es so war, hat das unerkannte Sterben sogar noch viel länger gedauert.

Jetzt, da ich weiß, was Monate später zutage trat, sehe ich auf allen vier Ferienfotos einen vom Tod gezeichneten Mann. Man kann diese Fotos mit zweierlei Augen oder in zwei Schichten lesen. Ich nehme zuerst die drei Fotos vom Hotelstrand in Portugal. Der oberflächlichen Wahrnehmung zeigen sie einen schlanken, braungebrannten Mann, dem man ansehen kann, daß er ziemlich groß ist (1,88 m habe ich in Erinnerung), während man im Vergleich mit der Mehrzahl anderer Männer seines Alters nicht darauf kommen würde, daß er gerade 58 Jahre alt geworden ist. Er ist ein sportlicher Typ, fast hager, mit langen Beinen, langen

Armen und einem scharf geschnittenen Gesicht. Nirgendwo zeigen sich die altersbedingten Spuren körperlicher Verrottung oder die Verwüstungen, die Wohlleben und Bequemlichkeit an so vielen Männern des mittleren Lebensalters angerichtet haben. Nein, niemand, der diesen Menschen mit normalen Augen sieht, würde ihn für einen Moribunden halten.

Nun schließe ich einen Moment die Augen, um sie wieder zu öffnen und ihn mit dem zweiten Blick wahrzunehmen. Jetzt sehe ich es sofort. Es ist etwas Ungreifbares, etwas Atmosphärisches: Über allen Bildern liegt ein Ausdruck von Stille, Introversion und Schwermut. Vielleicht würde man es nicht erkennen, wenn wenigstens auf einem der Bilder eine andere Stimmung oder Regung zu sehen wäre, aber die Schwankungsbreite seines Ausdrucks ist ganz gering. Dieser Mensch hat sich verschlossen gegen die Außenwelt, doch nicht, weil ihn lebhafte Phantasien beschäftigen, sondern weil etwas in ihm liegt, das ihn fesselt, ein unbewegliches, schweres Gewicht. Das erste Bild, das ich mir vornehme, zeigt ihn in Badehose in einem Strandstuhl, die Füße hat er auf ein vor ihm liegendes Schlauchboot gestellt. Hinter ihm ist das ruhige Wasser einer Meeresbucht unter einem wolkenlosen blauen Himmel. Zum Schutz gegen die Helligkeit hat er einen weißen Sonnenhut aufgesetzt, der nur den unteren Teil seines Gesichtes freigibt.

Der Mund ist das Zentrum des Bildes. Er allein gibt Auskunft und macht dieses Bild eines sonnenbadenden Mannes, das Ruhe und Gelöstheit zu signalisieren scheint, zu etwas ganz anderem, denn es ist ein verschlossener Mund mit mürrisch heruntergezogenen Mundwinkeln und fest zusammengepreßten Lippen, ein Mund, der den Kontakt zur Welt unterbrochen hat. Ein Ausdruck von Verachtung versiegelt das Gesicht. Die Augen unter dem tief ins Gesicht gezogenen Sonnenhut sind vermutlich geschlossen. An was denkt er? Es können keine angenehmen Phantasien oder Träume sein. Das ist der Mund eines Mannes, der an seine Feinde denkt oder einer gesichtslosen Bedrohung trotzt, entschlossen, alles in sich zu verschließen und zu unterdrücken, was wie Schwäche erscheinen könnte. Dieser Mann ist verletzt worden, und das hat seine Erwartungen fixiert und seine innere Beweglichkeit eingeschränkt. Er blickt mit finsterer Starrheit seiner Zukunft entgegen.

Der Ausdruck des nächsten Bildes müßte eigentlich ganz anders sein, denn es ist eine idyllische Szene. Er sitzt, wieder in Badehose, im Hotelgarten, in einem schattigen Winkel, der von einzelnen Lichtstreifen gemustert wird. Hinter ihm, etwas abgerückt, liegen andere Hotelgäste in ihren Liegestühlen: eine hübsche blonde Frau mit nackten Brüsten, die ein Buch liest, ein Mann, der einen Brief schreibt, halb von hinten gesehen, ein Zeitung lesender Mann, von dem man nur einen Arm und ein Bein erkennen kann, und eine ebenfalls halb verdeckte, ältere Frau, alle natürlich auch in Badekleidung.

Er hat sich abgesetzt von dieser Menschengruppe im Hintergrund und wendet ihr den Rücken zu. Vor sich, auf einem kleinen Tisch, hat er ein Badetuch ausgebreitet und darauf mit kleinen weißen Kieseln eine Figur gelegt, die genau symmetrisch ist – ein Stengel mit zwei rechts und links herunterhängenden, glockenförmigen Blüten. Gerade schiebt er mit dem Knöchel seines Zeigefingers den letzten Stein in seine Position.

Das könnte eine anmutige Szene sein, wenn sich sein Gesicht ein wenig gelöst hätte, wenn er zum Beispiel H. anlächelte, die ihn in dieser Situation fotografiert. Aber er bleibt so abgesondert und reglos, als nähme er ihre Nähe nicht wahr. Ohne Interesse blickt er auf die vor ihm liegende Steinfigur. Sie ist nur eine Arabeske der Langeweile. In einem Versuch, sich abzulenken, hat er sie beiläufig zusammengesetzt. Es ist ihm nichts Besonderes dabei eingefallen. Gleich wird er sie vom Tisch wischen oder sich abwenden, seinen verborgenen, unabweisbaren Motiven zu.

Dieses zweite Bild erscheint indifferent im Vergleich zu dem dritten. Dort sitzt er im Hotelgarten auf einer Bank vor einer Agave und einer kleinen Palme, die zwei dicke mattweiße Blütendolden trägt. Dahinter sieht man wieder das blaue Wasser der Meeresbucht, das ferne gegenüberliegende Ufer und den wolkenlosen Himmel – eine paradiesische Szenerie. Er aber, im weißen Bademantel, mit einer dunklen Sonnenbrille vor den Augen, sitzt quer zur Blickrichtung, ein wenig gekrümmt, die Hände im Schoß, fast als presse er sie gegen seinen Leib. Mit gesenktem und halb weggedrehtem Kopf schließt er die leuchtende Meeresszenerie und die Fotografin aus seiner Gegenwart aus und starrt auf einen zufälligen Punkt in seiner Nähe, wahrscheinlich ohne etwas wahrzunehmen. Man kann seinem verdüsterten Gesicht ansehen, daß er von einer dunklen Stimmung oder einem belastenden Gedanken beherrscht wird. Wieder sind die Lippen fest zusammengepreßt, als schlösse er etwas in sich ein, das er um keinen Preis herauslassen will. Es sieht sogar so aus, als bisse er die Zähne zusammen. Der Kiefer tritt kantig hervor und gibt dem Gesicht die Härte eines Menschen, der einer Bedrohung oder einem Unglück standzuhalten versucht. Er ist einsam, weil er nicht darüber reden kann. Immer hat er seine Kämpfe allein bestanden. Doch jetzt im Urlaub kann er nichts tun, nichts besser machen, und alles dreht sich in seinem Kopf. Er grübelt, er brütet oder starrt wie gebannt in die verschleierte Zukunft, wo sich undeutlich etwas zusammenbraut. Hat er dunkle Ahnungen oder bestimmte Ängste? Er kann nicht darüber sprechen. Wenn man ihn fragte, was ihn bedrücke, würde er antworten: »nichts«.

Und nun das vierte Bild. Es ist das erschütterndste, denn im Unterschied zu den anderen Bildern ist hier das Visier hochgeklappt, und nichts bleibt diesmal verborgen. Man schaut in ein Gesicht, das offen Ohnmacht und Elend eines Menschen zeigt. Das Foto ist in Verona aufgenommen, vor dem Portal der Kirche San Zeno. Er steht dort in Urlaubskleidung, einen Fotoapparat am Handgelenk, und lehnt sich gegen einen der beiden Marmorlöwen, die auf ihren Rücken die Säulen des Portals tragen. Es ist ein typisches Urlaubsfoto: Der Reisende stellt sich neben das besichtigte Objekt wie neben eine Jagdtrophäe, und man erwartet, daß er sich heiter oder auch ironisch lächelnd, selbstbewußt oder ein wenig steif und verlegen präsentiert. Nichts dergleichen ist auf diesem Bild zu sehen. Er hat zwar versucht, eine lockere Pose einzunehmen, als er sich an die Tierskulptur lehnte, aber eine ihm unbewußte Stimmung seines Körpers hat aus der lässigen Haltung das Bild eines erschöpften, hoffnungslosen Menschen gemacht. Er sieht verloren aus, als könne und wisse er nicht mehr weiter.

Er selbst allerdings würde es nicht sehen und die Situation im Sinn beruhigender Übereinkünfte deuten. Er ist hier auf einer Urlaubsreise, zusammen mit der Frau, die er bald heiraten wird. Sie besichtigen die Sehenswürdigkeiten einer alten italienischen Stadt, und er, dessen Sternzeichen der Löwe ist, hat sich, vielleicht auf ihren Vorschlag, für ein

Erinnerungsfoto neben diese Portalskulptur gestellt. Es könnte ein weiterer launiger Bezug des Bildes sein, daß er trotz des weit aufgerissenen Rachens den Kopf des Löwen umarmt und sich ihm zärtlich zuneigt, als wäre er ein harmloses Kuscheltier. Die Entzauberung eines furchterregenden Tieres ist ja das Grundschema bekannter Glanznummern der Raubtierdressur.

Doch nicht die Spur eines solchen Gedankens ist in seinem Kopf. Man sieht es sofort daran, daß seine Haltung ohne Übertreibung und demonstrative Deutlichkeit ist. Er steht nur da, benommen von Müdigkeit und Schwäche. Zufällig lehnt er sich an diesen Stein, der einen Löwen darstellt, und sein rechter Arm umschlingt den Tierkopf wie ein großes Kissen, auf das er seinen Kopf betten möchte. Die Schwere, die er in sich spürt, hat ihm diese Haltung eingegeben. Der Mann, der dort steht, wirkt wie gelähmt von einer nicht begriffenen Traurigkeit. Vielleicht hat er schon den ganzen Tag wie unter einer dunklen Wolke gelebt, während er immer so weitermachte, wie die Situation es von ihm verlangte. Er hat sich den Einsprüchen seines Körpers verweigert, und der ist wie ein Schatten mitgegangen, und in dem Moment der Ruhe, als er sich dort anlehnte, ist er wieder mit seinem Körper verschmolzen. Jetzt sieht man es: Der Mann ist ausgebrannt. Seine Augen, die in die Richtung der Fotografin schauen, wirken blicklos, wie erloschen. Tiefe Hoffnungslosigkeit schaut einem aus diesem Gesicht entgegen. Aber die räumliche Entfernung und der vom Sucher verengte Blick mögen genügen, um das alles zu verwischen oder als eine flüchtige, unglaubwürdige Täuschung erscheinen zu lassen. Er selbst weiß erst recht nichts davon, so entfernt wie er von sich selbst ist. Deshalb ist der Ausdruck auch so unverhüllt.

Und doch wird das Genre des Urlaubsfotos mit seiner Botschaft, daß man in Verona war, auch später alles verdekken, was sich unversehens in diesem Augenblick gezeigt hat. Niemand wird erkennen, daß dort ein Mensch am Ende seiner Möglichkeiten steht, der verurteilt ist, bald zu sterben. Ich denke, das ist gut so. Ohnehin wäre er nicht mehr zu retten gewesen.

Es ist ein Ausdruck der Vieldeutigkeit aller Lebensszenen, daß die Fotos auch harmlos erscheinen können und der üblichen flüchtigen Betrachtung harmlos erschienen sind. Gewiß, dieser Mann wirkt müde und erschöpft, verdüstert und in sich gekehrt, aber darin muß man nicht gleich Anzeichen einer tödlichen Krankheit sehen. Will man nicht in einem dauernden Alarmzustand leben, ist es besser, den Horizont der Möglichkeiten zunächst einmal auf das Wahrscheinliche und Gewohnte einzuschränken.

Aber wenn man nun eine Million Menschen nimmt, so viele wie in einer großen Stadt leben, hat man einen Rahmen, in dem viel mehr möglich ist und geschieht als in einem einzelnen Leben. Und warum, da man zu den Millionen anderen Menschen gehört und keine prinzipiellen Vorrechte hat, warum sollte einen dann nicht eine dieser unwahrscheinlichen Alltäglichkeiten treffen? Als ich später meinen Bruder im Allgemeinen Krankenhaus in Wien besuchte, erlebte ich täglich einen befremdlichen Perspektivenwechsel: Draußen auf der Straße schien kein Mensch Leukämie zu haben, in der Abteilung, in der er lag – sie bestand aus zwei Fluren mit angrenzenden Krankenzimmern –, waren alle Patienten daran erkrankt. Daß sich unter ihnen ein Patient mit einer Fehldiagnose befand, stellte vermutlich eine höhere Unwahrscheinlichkeit als eins zu einer Million dar. Diese Hoffnung konnte sich also niemand machen.

Vorläufig aber lebte er noch draußen in der Welt der meisten Menschen und ging davon aus, daß er zumindest die Lebenserwartung des Durchschnitts hatte. So tief war das in ihm eingewurzelt, daß er alle Warnzeichen übersah.

Da war zum Beispiel das tägliche Treppensteigen. Er wohnte zwei Stockwerke hoch, und es gab keinen Aufzug in diesem Hinterhaus. Früher, sagte er mir, als wir über die übersehenen Symptome sprachen, früher habe er immer zwei Stufen auf einmal genommen, sei sogar oft die Treppe hinaufgelaufen. Dann habe er irgendwann damit aufgehört. Schließlich sei er manchmal zwischendurch stehengeblieben, um Luft zu holen. Das sei ihm eher peinlich als bedenklich erschienen. Es war für ihn eine momentane, durch Überarbeitung und Streß bedingte Schwäche, von der er niemandem erzählen mußte.

Noch dramatischer war ein anderes Symptom, für das er keine Erklärung hatte, so daß er es sprachlos hinnahm und unter die Lästigkeiten verbuchte. Da er in einer schwierigen, durch Vernachlässigung gekränkten Liebe an unserem verstorbenen Vater hing, hatte er viele Eigenheiten von ihm übernommen, zum Beispiel die Gewohnheit, sich mit dem Messer zu rasieren, für ihn eins der Zeichen traditioneller, herrenhafter Vornehmheit. Natürlich schnitt er sich manchmal, vor allem, wenn er in Eile war. Dann hatte er große Mühe, das Blut zu stillen. Einige Male mußte ihn sein Mitarbeiter mit dem Auto zu einer Sitzung fahren, während er noch den Alaunstein gegen seine blutende Wange preßte. Hämatome hatte er auch. Die meisten allerdings auf dem Rücken, wo er sie nicht sah. An die anderen gewöhnte er sich. Sie fielen ihm kaum noch auf. Bei der Hochzeit seines zweiten Sohnes Ende September wirkte er seltsam gereizt und hielt eine hochfahrende, seine eigenen Ansprüche ans Leben verratende Rede. Ein wenig später schlief er an der Hochzeitstafel ein. Sein Sohn, der Tierarzt, riet ihm, zum Arzt zu gehen. Er sagte es zu, hielt sich aber nicht daran.

Er hatte anderes zu tun, und alles andere war wichtiger. Die Banken, in deren Auftrag er in Konkurs gegangene Firmen analysierte, hatten ihn in mehreren Fällen zum kommissarischen Leiter dieser Firmen gemacht, und sobald er eine Möglichkeit sah, setzte er seinen ganzen Ehrgeiz darein, die Betriebe zu sanieren. Als ich wieder einmal zu einer Lesung in Wien war, hatte er mir zwei der ihm anvertrauten Betriebe gezeigt. Ich beobachtete, wie er mit den Leuten umging. Er war der Chef, das sah man schon an dem lässigen und zielstrebigen Schritt, mit dem er eintrat, und man hörte es an seiner dunklen, etwas rauhen Stimme, die immer laut genug war, daß man ihn ringsum verstand. Aber sein Chef-Pathos, wie ich es für mich nannte, wurde gemildert durch den persönlichen Ton, in dem er mit jedem sprach. Es war eine Wiener Eigenart, daß man ihn mit »Herr Diplomkaufmann« anredete, doch die Autorität, die er hatte, war anders begründet: Die Menschen wußten, daß er sich um die Erhaltung ihrer Arbeitsplätze bemühte, und sie erkannten, daß seine Anordnungen vernünftig waren.

Einige dieser Leute habe ich später näher kennengelernt, als ich wieder nach Wien kam und meinen Bruder im Krankenhaus besuchte. Eine Gruppe jüngerer Journalisten, die eine kritische alternative Zeitung machten, lud mich zum Abendessen ein. Sie erzählten mir, daß sie ihm viel verdankten, denn er hatte ihren Verlag vor dem Zusammenbruch bewahrt und bisher gegen alle Voraussagen über alle Klippen hinweggerettet. Ich lernte auch einen jüngeren Textilunternehmer kennen, der wegen betrügerischen Konkurses einige Zeit im Gefängnis gesessen hatte. Mein Bruder hatte sich nicht nur um seine Firma, sondern auch um ihn gekümmert. Der Mann sagte, das habe ihm geholfen, sich nach der Haft wieder im Leben zurechtzufinden. Er bewunderte meinen Bruder und hing an ihm mit der Liebe eines dankbaren Sohnes. Ihn und die Journalisten und natürlich auch seine Arbeitgeber und Geschäftspartner habe ich im Krankenhaus und bei der Beerdigung wiedergesehen.

Mich rührten diese menschlichen Aspekte seiner Arbeit, weil ich ihn nur als einen hartgesottenen Geschäftsmann kannte, der die Welt des Geschäftes als ein Schlachtfeld sah, auf dem jeder jedermanns Feind war. Aber anscheinend galt das nur, wenn er Konkurrenz witterte.

Gegenüber meiner Arbeit hatte er lange Zeit einen strikt kommerziellen Standpunkt bezogen. Was zählte, waren Auflagen und Verkaufszahlen, nicht anders als in seinem Job, wo es um die Quadratmeterzahlen der verkauften Teppichböden ging. Wir arbeiteten, wie er mir einzuprägen versuchte, zwar in verschiedenen Branchen, doch unter den gleichen Kriterien, und es war unübersehbar, daß das Ergebnis dieses Wettbewerbes in den Anfangsjahren für ihn sprach: Ich, der Ältere, mußte mir von ihm Geld leihen, um mein erstes Buch schreiben zu können, und ich schrieb fast immer in den Anfangsjahren gegen die pure Not an. Er hatte eine wohlhabende Frau geheiratet und bekam sofort eine große Wohnung in der Gründerzeitvilla seiner Schwiegereltern. Später erwarb er ein Grundstück außerhalb der Stadt und ließ sich von einem Kölner Architekten einen Bungalow entwerfen. Meiner Frau und mir erschien das Haus mißglückt, denn auf Kosten aller anderen Räume hatte es einen überdimensionierten Raum für ein gesellschaftliches Leben, das bis auf wenige Gelegenheiten nie dort stattgefunden hat. Wir dagegen lebten mit zwei kleinen Kindern in einer Zwei-Zimmer-Wohnung. Ungestört konnte ich nur nachts schreiben oder wenn meine Frau mit den Kindern stundenlange Spaziergänge machte.

Es hing vielleicht mit einer lebensgeschichtlich viel früher festgelegten Rollenverteilung zusammen, daß die offensichtlichen Erfolge meines Bruders, der inzwischen Geschäftsführer der Firma war, in die er eingeheiratet hatte, mir nie eine Empfindung von Neid oder gar Minderwertigkeitsgefühle einflößten. Ich wollte zu keiner Zeit mit ihm tauschen, und seine Unterstellung, daß seine und meine Arbeit, sehr zu meinen Ungunsten, nach denselben materiellen Kriterien zu bewerten sei, habe ich mir nie zueigen gemacht.

Auch ihm scheint es nicht gelungen zu sein, das wirklich zu glauben. Das machte ihn reizbar und aggressiv, vor allem, wenn sein Selbstgefühl durch geschäftliche Fehlschläge erschüttert war. Am schlimmsten war es Anfang der achtziger Jahre, als ich ihn zusammen mit meiner Frau in Wien in seinem armseligen Notquartier besuchte. Noch am Abend unserer Ankunft hatte er uns in ein bekanntes Heurigenlokal geführt und war gekränkt gewesen, als wir die allgemeine touristische Weinfröhlichkeit und die Zithermusik nicht so reizvoll fanden, wie er es als unser Gastgeber von uns erwartet hatte. Daraus entwickelte sich in den folgenden Tagen ein immer wieder aufflammender Streit, der trotz nichtiger Anlässe immer heftiger und schließlich unerträglich wurde, so daß wir beim Frühstück aufstanden und abreisten.

Immer wieder hatte er den Verdacht, daß ich ihn nur auf Gebieten anerkannte, die ich geringschätzte. Das war nicht richtig, hatte aber einen wahren Kern. Das Wirtschaftsleben faszinierte mich, aber ich mißbilligte den primitiven Begriff, den er sich davon gemacht hatte, diese Catch-as-catch-can-Moral des Geschäftslebens, die er mir gegenüber vertrat und mit demselben Totalitätsanspruch wie seine materiellen Erfolgskriterien auf das ganze Leben und alle Bereiche menschlicher Tätigkeit auszudehnen versuchte. Ich hielt dagegen, daß dies nicht einmal vom Erfolgsdenken aus vernünftig sei.

Wenn ich dann allerdings in den typisch amerikanischen Anleitungen zum Erfolg las, man müsse sich angewöhnen, immer positiv zu reden und positiv zu denken und sich überall Freunde machen, dann wurde mir die rauhe, kriegerische Berufsauffassung meines Bruders wieder sympathischer. Ich spürte, daß wir uns ähnlich waren. Auch ich neigte dazu, mich nur auf mich selbst zu verlassen. Ein anders errungener Erfolg hätte wenig Wert für mich gehabt. Er aber, in seiner gewiß ganz anderen Lage, fing an, sich auf fragwürdige Geschäftemacher einzulassen, wenn er glaubte, sie kontrollieren zu können. Diese Leute fanden schnell heraus, wie man ihn über den Tisch ziehen konnte: Man mußte seine Begehrlichkeit reizen und ihn in seinen Größenphantasien bestärken.

So wurde er nach vielen Jahren erfolgreicher geschäftlicher Expansion Opfer einer typischen Wirtschaftsfalle, dem sogenannten Hit-and-run-Geschäft. Der Betrug beginnt mit großen, verlockenden Lieferaufträgen eines neuen Kunden und endet nach vielem Streit über prolongierte Wechsel und unbezahlte Lieferungen mit dessen erklärter Zahlungsunfähigkeit. Das ist die erste Phase des Betrugs. Der Lieferant hat seine Ware verloren, und der Kunde hat damit schnelles Geld gemacht. Nicht immer folgt dann noch die zweite Phase: Angeblich zum Ausgleich seiner Verluste wird dem Lieferanten die zahlungsunfähige Firma günstig zum Kauf angeboten. Greift er zu, um einen Teil seiner gelieferten Ware und seinen Markt zu retten, wird er später feststellen, daß Verbindlichkeiten an der Firma haften, die aus den Büchern nicht zu ersehen waren. Der betrügerische Geschäftsmann ist dann meistens schon im Ausland untergetaucht.

Der erlittene Millionenverlust war ein geschäftliches Debakel. Fast noch schlimmer aber war die tiefe Kränkung, die für einen so ehrgeizigen Menschen wie meinen Bruder darin lag, so gründlich hereingelegt worden zu sein. Er hätte jetzt vorsichtig operieren müssen, um die Verluste allmählich wieder auszugleichen. Aber das wäre in seinen Augen die Anerkennung der Niederlage gewesen, eine niederziehende Erfahrung, die ihn auf Jahre hinaus belastet hätte. So versuchte er, durch riskante Gelegenheitsgeschäfte die Verluste schnell wieder auszugleichen. Er glaubte nun zu wissen, wie es in der Welt zuging und was man wagen mußte, um schnell eine Menge Geld zu machen.

Wieder hatte er die Wirklichkeit falsch eingeschätzt. Ein angeblich gut abgesichertes Exportgeschäft mit Insektiziden aus amerikanischen Armeebeständen platzte, weil im Bezieherland Zaire ein Krieg ausbrach und keine Bank die Wechsel diskontieren wollte. Damit begann sein Abstieg in den geschäftlichen Ruin. Und da im Unglück alles mit allem zusammenhängt, brach auch seine Ehe zusammen. Das endete nach letzten verzweifelten Rettungsversuchen mit seiner Flucht nach Wien, wo er jahrelang in einem geschäftlichen und gesellschaftlichen Abseits lebte.

Ich habe über diesen Abstieg einen Roman geschrieben. Das hatte er selbst angeregt, zunächst eher unernst mit der floskelhaften Bemerkung, er könne mir einen spannenden Roman erzählen. Ich habe ihn schließlich beim Wort genommen. Die vielen Gespräche, die wir während der Arbeit führten, wurden für ihn ein Anlaß zur Selbsterforschung, auch wenn der Roman dann seine eigene Entwicklung nahm.

Fast alles ist in dem Buch fiktiv – die Branche, die handelnden Personen, die Namen ohnehin –, nicht aber die Struktur der geschäftlichen Probleme und ihre krisenhaften Entwicklungen, und nicht die Psychologie der Selbsttäuschung und Fehlentscheidung, die die Hauptfigur dazu treibt, gegen den Einspruch ihrer Vernunft in die Falle ihrer eigenen Phantasien zu gehen. Um die fiktionale Geschichte vom Leben meines Bruders zu unterscheiden, habe ich im Roman die Hauptfigur sterben lassen. Heute kommt es mir manchmal so vor, als habe dieser Romanschluß einen längeren Schatten geworfen, und das unbehagliche Gefühl beschleicht mich, mit dem Tod der fiktionalen Figur mittelbar auch den Tod meines Bruders imaginiert zu haben. Ich kann das nicht abstreiten. Doch mindestens genau so habe ich an mich selbst gedacht.

Durch die Arbeit an dem Buch waren wir uns nähergekommen. Er sprach weniger pauschal und nicht mehr so einseitig kommerziell über Literatur, und wenn ich zu Lesungen oder Vorträgen nach Wien kam, machte er alle seine Bekannten darauf aufmerksam. Seitdem er allmählich wieder Boden unter die Füße bekam und sein Bekanntenkreis sich erweiterte, wurde er öfter auf mich angesprochen und nach seiner Verwandtschaft mit mir befragt. Das schien ihm zu gefallen, denn manchmal lenkte er auch selbst das Gespräch in diese Richtung.

Als ich 1988 einige Monate im Berliner Wissenschaftskolleg wohnte, überraschte mich mein Zimmernachbar, der Germanist Conrad Wiedemann, mit der Bemerkung, daß er meinen Bruder bereits kenne und mit ihm über mich geredet habe. Die beiden hatten sich im Schlafwagen nach Wien im Gang vor dem Abteil kennengelernt, weil sie das laute Schnarchen eines Mitreisenden nicht ertragen konnten. Sie waren über diesen Anlaß schnell ins Gespräch gekommen, und sobald mein Bruder herausgefunden hatte, daß sein Gegenüber Literaturprofessor war, hatte er von mir gesprochen und war erfreut gewesen, als sich herausstellte, daß sein Gesprächspartner einiges von mir gelesen hatte. Er hatte dann auch von sich gesprochen. Zum Beispiel hatte er gesagt: »Ich bin ein ganz anderer Typ als mein Bruder. Ich mache schon mal gerne ein Wettrennen mit einem anderen Fahrer auf der Autobahn.« Auch das war für Wiedemann nicht ganz fremd, denn er kannte aus dem zitierten Roman die Bedeutung, die das Auto für den Romanhelden hatte. Und so waren diese zufälligen Gesprächspartner nachts im Gang des Schlafwagens nach Wien unversehens in ein Gespräch über die Literatur und das Leben geraten.

Diese Begegnung bekam eine nachträgliche Pointe. 1988 wurde mir der Heinrich-Böll-Preis der Stadt Köln zugesprochen, und bei der Preisverleihung im Dezember sollte Conrad Wiedemann die Laudatio halten. Mein Bruder rief sofort an, als er davon erfuhr, und sagte, er wolle zu dieser Gelegenheit mit H. nach Köln kommen, um an der Feier im Rathaus teilzunehmen. Er und Conrad Wiedemann hätten dann das angefangene Gespräch über Literatur und Leben fortsetzen können.

Es kam nicht dazu, weil sich mit der Reise nach Köln andere Pläne verbanden. Mein Bruder wollte H. zeigen, wo er seine Kindheit und Jugend verlebt hatte, und so nahmen wir uns vor, gemeinsam einen Ausflug in die Erftlandschaft nördlich von Köln und zum Niederrhein zu machen. Und vor allem wollten wir viel Zeit für Gespräche haben. Ich schlug deshalb vor, sie sollten nicht erst im Dezember kommen, sondern schon zwei Wochen früher im November. Dies war, wie sich dann zeigte, der letzte mögliche Termin für die letzte Reise seines Lebens.

Wir erwarteten meinen Bruder und H. am frühen Nachmittag, doch ganz gegen seine Gewohnheit kamen sie zu spät. Sie waren vormittags im Museum gewesen und hatten anschließend einen Bummel durch die Innenstadt gemacht, weil H. Köln noch nicht kannte. Nach dem Mittagessen im Hotel war er plötzlich todmüde gewesen und hatte sich für eine Stunde hingelegt. Erst nach drei Stunden war er mühsam wieder zu sich gekommen. H. rief an und sagte uns Bescheid, erzählte, daß er gestern, abgesehen von einer kurzen Kaffeepause nach dem Tanken, die ganze Strecke von Wien nach Köln durchgefahren sei. Sie habe ihn zu überreden versucht, ein Flugzeug oder den Schlafwagen zu nehmen, aber er habe unbedingt mit seinem neuen BMW fahren wollen. Es sei nicht mit ihm zu diskutieren gewesen, sagte H. Ich wisse doch, wie unbelehrbar er manchmal sei. Er glaube eben immer noch, er sei ein junger Mann.

Was sich wie Kritik anhörte, war eigentlich Bewunderung, und vermutlich war es nebenbei an ihn gerichtet, denn im Hintergrund hörte ich seine murmelnde Stimme, die irgendeinen Einspruch erhob. »Ich gebe ihn dir mal«, sagte H., und gleich danach meldete er sich: »Entschuldige, Bruderherz, wir sind gleich da.« Das waren der markige Ton und die formelhafte Redeweise, mit denen er gewöhnlich Schwierigkeiten oder Schwächen überspielte. Diesmal war es nur die Mitteilung, daß sie bald kämen.

Obwohl es in unserer Wohnung genug Platz für zwei Übernachtungsgäste gab, hatten sich die beiden entschieden, im Hotel zu wohnen. Der erklärte Grund war, daß mein Bruder am nächsten Abend dort seine Söhne und seine Schwiegertochter empfangen wollte. Und vermutlich war die kurze Reise für ihn und H. auch schöner, wenn sie zwischendurch allein sein konnten.

Heute weiß ich, daß es für seinen Entschluß, im Hotel zu wohnen, noch ein weiteres, ihm vielleicht nicht so deutlich bewußtes Motiv gegeben hat. Es stammte aus den Regionen seines Körpers, in denen sich seit unbestimmter Zeit die Krankheit eingenistet hatte und seine Lebenskraft zu zerstören begann. Seit etwas in ihm morsch war, hatte der Druck der Welt auf ihn zugenommen. Alles, auch das Alltägliche, war anstrengender und ermüdender geworden. Selbst entspannte, gesellige Situationen, die er früher genossen hatte, erschienen ihm jetzt als Belastungen, und ohne daß er diese Veränderung richtig begriff, verschoben sich seine Phantasien auf die Zeit danach, wenn er die Situation bestanden hatte und, ohne sein Gesicht zu verlieren, gehen konnte. Ganz im Gegensatz zu seinen früheren Lebensgewohnheiten war er zu einem Mann geworden, der in Gesellschaften verstohlen auf seine Uhr blickte und als einer der ersten nach Hause ging, um sich sofort schlafen zu legen. Zweimal, so erzählte er mir, war er nachts wach geworden und hatte noch angezogen auf dem Bett gelegen. Er mußte vor Erschöpfung eingeschlafen sein, als er sich die Schuhe abstreifte.

Auch der Besuch in Köln war für ihn zu einer Anstrengung geworden, der er sich besser gewachsen fühlte, wenn er sich zwischendurch zurückziehen konnte. Ein Echo des Instinkts, der kranke Tiere dazu treibt, ihre Herde oder ihr Rudel zu verlassen und sich in ein schützendes Versteck zu verkriechen, sagte ihm ein, er brauche einen Zufluchtsort.

Daß er ein Zimmer in einem der besten Hotels bestellte, gehörte allerdings einem anderen Bedeutungssystem an, das diese leisen Einflüsterungen übertönte. Es war eine mythische Erzählung, die der Reise einen triumphalen lebensgeschichtlichen Sinn gab: Ein in die Fremde Verschlagener kehrte nach Jahren des Elends und der Kämpfe als ein erfolgreicher und angesehener Mann mit einer neuen Frau an den Ort zurück, von dem aus er mit nichts als Schulden und dem schäbigen Rest seiner persönlichen Habe aufgebrochen war, um es erneut mit dem Leben zu versuchen. Nun schloß sich der Kreis. Die schwierige Zeit des Übergangs in ein neues Leben war vorbei. Lange hatte er im Schatten einer unrevidierbar erscheinenden Lebensniederlage gelebt, um nun doch noch aus eigener Kraft zu erringen, was er immer gewollt hatte: einen Platz an der Sonne.

Ich wußte, daß er es so sah, und ich war bereit einzustimmen. Es war ein verdientes Glück, jedenfalls nach den Maßstäben einer Welt, in der Intelligenz, Energie und Wagemut belohnt wurden. Da auch ich das wünschenswert fand, hoffte ich, daß er mit seinem Optimismus recht behielt. Ich hoffte es aber nur, was heißt, daß mir ein leiser, grundsätzlicher Zweifel blieb. Denn diese triumphale Wendung seiner Lebenskurve steil nach oben war zu schön, um ohne Einschränkung und Widerspruch wahr zu sein.

Ich trat ins Treppenhaus, als sie klingelten, und sah ihn und H. unten ins Haus kommen und zum Aufzug gehen: zuerst H.s üppigen, dunklen Haarschopf und ihre raschen, energischen Schritte, die die Sportlehrerin verrieten, und dann seinen ausgreifenden, diesmal etwas schleppenden Schritt. Sie sprachen leise miteinander, während sie auf den Aufzug warteten, und ihre Stimmen, die ich nicht verstand, gaben mir ein starkes Gefühl für das Eigenleben dieser beiden Menschen, die sich darauf einstellten, gleich mit uns zusammenzutreffen. Selten ist man schärfer gegeneinander abgegrenzt als in den letzten Sekunden vor einer Begrüßungsszene, und in dem Bemühen, schnell darüber hinwegzukommen, fallen viele Begrüßungen besonders stürmisch oder herzlich aus.

Als die Aufzugstür beiseite fuhr, hatte ich einen Moment lang den Eindruck, die beiden würden vor meinen Augen enthüllt als ein lebendes Bild, das den Titel »Das Paar« trug. Ich erkannte zwar, daß er schlecht aussah, schlechter als sonst, aber das zuckte nur durch mein Bewußtsein, denn meine Aufmerksamkeit wurde gefesselt durch eine winzige Szene: H., die als erste aus dem Aufzug trat, blickte in die falsche Richtung, weil sie dort die Wohnungstür vermutete, und wurde von ihm mit einer behutsamen, fürsorglichen Berührung korrigiert und auf uns zu geführt. Sein Gesicht nahm dabei einen seltsam besorgten Ausdruck an, als wollte er sagen: Sachte, sachte, nur keine Fehler. Alles muß jetzt gutgehen, alles wollen wir richtig machen, auch das Glück. – Noch während wir uns umarmten, sah ich diesen für ihn ganz fremden Ausdruck vor mir, der zu einem Menschen zu gehören schien, der von dem Gefühl der Zerbrechlichkeit des Lebens tief durchdrungen war. Durch den Stoff seiner Jacke spürte ich mit erschreckender Deutlichkeit die

Knochen seiner Schulterblätter und zog die Hand weg, um ihm gleich danach auf den Rücken zu klopfen: »Bist mager geworden.« »Bin ich doch immer«, sagte er. Das hieß so viel wie: Lassen wir das Thema fallen. Das verstand ich sofort. Es kam mir entgegen. Ich hatte auch kein besonderes Interesse daran.

Um so mehr fiel mir in den nächsten Stunden immer wieder auf, wie elend er aussah. Er hatte sichtbar abgenommen, was bei seiner an Magerkeit grenzenden Schlankheit schon bedenklich wirkte. Seine Haut schien den Schädel enger zu umspannen, hing aber, wenn er den Kopf senkte, faltig um seinen Hals. Rote Flecken auf Stirn und Wangen mochten Anzeichen von Nervosität sein, die ihn auch manchmal, wenn er sich unbeobachtet fühlte, grimassieren ließ. Er runzelte die Stirn und preßte die Lippen zusammen, zog sie dann zu einem kurzen Zähneblecken in die Breite, was so wirkte, als bekämpfe er ein Unbehagen, von dem sich nicht sagen ließ, ob es körperlicher Natur war – eine Spannung, ein leichter Schmerz, ein Ziehen in der Brust – oder ob er eine Unlust, einen quälenden Gedanken unterdrückte. Einige Sekunden lang war er mit sich beschäftigt, dann hatte er das, was ihn störte, offenbar in seine Schranken gewiesen und wandte sich wieder der Außenwelt zu.

Obwohl diese Mimik davon herrührte, daß er etwas Störendes unterdrückte, wirkte sie eigenartig aufdringlich und unbeherrscht. Ich fühlte mich dadurch gereizt und gab mir Mühe, darüber hinwegzusehen. Ich zog H. ins Gespräch und ließ mir von ihrem Museumsbesuch am Vormittag erzählen und von ihrem Spaziergang durch die Stadt und bereitete durch dieses freundliche Geplauder die Szene für eine schockierende Pointe meines Bruders vor. Beinahe wären sie überhaupt nicht gekommen, sagte er. Vor wenigen Tagen war in Wien auf dem Dach eines sechsstöckigen Hauses einem Dachdecker ein schweres Winkeleisen aus der Hand gefallen und war dicht neben ihm auf das Dach des Autos aufgeschlagen, in das er gerade einsteigen wollte. Der gewichtige Gegenstand, der mit der Wucht eines Fallbeils herunterkam, hätte ihm glatt den Schädel zerschmettert. So schlug er nur eine tiefe Beule in das Autodach. Doch da es sich nicht um seinen eigenen Wagen handelte, hatte er auch in dieser Hinsicht Glück gehabt.

Das herunterfallende Eisen hätte meinen Bruder auch nur streifen und am Hals oder an der Schulter verletzen können. Auch dann wäre er wahrscheinlich auf der Straße gestorben, denn herbeieilende Helfer hätten feststellen müssen, daß sich sein Blut nicht stillen ließ. Das wußten wir an diesem Nachmittag noch nicht, als wir darauf anstießen, daß alles gutgegangen war. Der Tod hatte seine Visitenkarte abgegeben. Aber die hatte jeder schon einmal bekommen, bei einem Beinahe-Unfall auf der Autobahn oder anderen Gelegenheiten. Es war nicht mehr als ein Denkzettel, den man schnell wieder vergaß. Was diesmal darauf geschrieben stand, war für unsere Augen unsichtbar: Ich bin bald wieder da.

Mehr beunruhigte mich eine neue Entwicklung in seinem Beruf, von der er mir während eines Spazierganges erzählte. Sie gehörte zu den Erfolgsmeldungen, mit denen er mich in den letzten Jahren überhäuft hatte, und stellte eigentlich deren krönenden Abschluß dar. Er war nämlich dabei, zusammen mit einem älteren Partner, durch den er in den Markt hineingekommen war und den er wegen der Wiener Kontakte immer noch brauchte, eine großräumige Büroetage in einem schönen alten Jugendstilhaus des

1. Wiener Bezirks einzurichten. Es war eine sogenannte Top-Lage. Das Haus bildete die Kopfseite eines kleinen Platzes. Greifbar nahe konnte man aus den Fenstern des Büros durch ein kurzes Straßenstück den Stefansdom sehen. Ich war erschrocken, als er mir davon erzählte. Vor wenigen Monaten hatte er mir noch erläutert, daß er den Ausbau der großen neuen Wohnung nur deshalb finanzieren konnte, weil die Kosten für sein Büro, den Archivraum und den Konferenzraum absetzbar waren. Nun fielen diese Vergünstigungen weg, und neue, noch größere Baukosten waren bei dem neuen Büro zu erwarten.

»Wie willst du das schaffen?« fragte ich.

»Weiß ich noch nicht«, sagte er kurz.

Ich war so betroffen, daß wir eine Weile schweigend nebeneinander her gingen, und beide spürten wir, wie das Gewicht zunahm, das wir mit uns schleppten.

Schließlich sagte er: »Ich werde das auch noch schaffen. Ich muß eben noch mehr Aufträge annehmen und statt zwölf vierzehn Stunden arbeiten.«

»Das kannst du nicht«, sagte ich. »Das sehe ich dir an.«

»Aber sicher kann ich das«, sagte er.

Wieder gingen wir eine Weile stumm nebeneinander her. Dann sagte er: »Ich habe keine andere Wahl. Wenn ich im Markt bleiben will, muß ich das schaffen. Ich sag's dir: Es ist so.«

Es fiel mir schwer, ihn anzusehen. Seine Augen traten groß aus dem abgemagerten Gesicht hervor, und die roten Flekken auf seiner grauen Haut brannten, als ob er Fieber hätte. Ich hatte die Vorstellung eines Langstreckenläufers, der mit seinen letzten Kräften auf ein gespenstisches, sich entfernendes Ziel zulief, während man ihm immer neue Gewichte auf seine Schultern packte. Das Ziel war der Platz an der

Sonne. Die Wohnung und dieses Büro im Zentrum Wiens bedeuteten das Ziel und schienen zugleich die kaum überwindbaren Hindernisse zu sein, an denen er zu scheitern drohte. Zumindest dieses letzte und größte Hindernis hatte er nicht vorausgesehen. Und nun waren alle seine Berechnungen über den Haufen geworfen, und die einzige Reserve, auf die er jetzt noch zurückgreifen konnte, war er selbst. Er mußte noch mehr Aufträge annehmen, noch mehr arbeiten, noch mehr Schulden machen, noch erfolgreicher sein. War das vielleicht eine neue, raffinierte Form der gleichen Falle, in die er schon einmal gegangen war? Zwang man ihn, sich zu übernehmen, um so den lästigen Konkurrenten aus dem Markt zu werfen?

Ich wußte es nicht. Es war vielleicht eine abwegige Idee und konnte trotzdem so geschehen. Helfen konnte ich ihm nicht, denn alles war längst im Gang und nicht mehr aufzuhalten. »Ich habe keine andere Wahl«, hatte er gesagt. Aber er hatte sich längst entschieden und verteidigte die Wahl, die er schon getroffen hatte. Es war natürlich die Wahl, die zu ihm paßte. Bei diesem Gedanken entspannte ich mich.

Warum sollte es nicht gutgehen? Ich wußte doch viel zu wenig, um die Sache beurteilen zu können. Und wenn es stimmte, daß er keine andere Wahl gehabt hatte, ohne gleich auf allen Gebieten zurückzustecken, und das hieß für ihn, zu resignieren, dann mußte man eben das Wagnis eingehen und auf Sieg spielen. Es war besser, ihm dabei Mut zu machen.

»Es ist auf jeden Fall eine glänzende Lage, so dicht beim Stefansdom. Das wird sich vielleicht bezahlt machen.«

»Aber sicher«, sagte er.

Gemeinsam bemühten wir uns, von dem Thema wegzukommen.

Am nächsten Tag, als wir den geplanten Ausflug machten, folgte dem Gespräch ein Echo, als habe es sich in ihm fortgesetzt. Wir gingen bei der kleinen mittelalterlichen Festungsstadt Zons dicht am kiesigen Ufer des Rheins entlang, als mein Bruder mich in nostalgischer Erinnerung an frühere Wettkämpfe zum Steinewerfen herausforderte. Das war ein durchsichtiges Angebot, da er einen Kiesel ungefähr 60 Meter weit werfen konnte und ich froh sein mußte, wenn ich bis auf 20 Meter an ihn herankam. Und auch das wollte ich lieber nicht versuchen. So ging er allein zum Wasser, um ein paar Würfe zu machen, und kam kurz danach kleinlaut zurück. Schon der erste Wurf hatte ihm den Arm und die Schulter verrissen. Auch das war ein Symptom der noch unerkannten Krankheit: Den Muskeln fehlte es an Sauerstoff. Wir sprachen nicht weiter darüber. Aber nachdem wir ein Stück gegangen waren, gestand er mir plötzlich ohne jede Einleitung, daß er sich in letzter Zeit nicht besonders gut fühle und immer so schnell müde sei. Das Schlimmste sei, daß sein letztes Gutachten, das er für die Bank geschrieben habe, nichts tauge. Es sei das Geld nicht wert gewesen, doch er habe es beim besten Willen nicht besser machen können. Keiner habe zwar etwas gesagt, aber ein zweites Mal könne er sich eine solche Arbeit nicht leisten.

Die ruhige, sachliche Art, in der er mir das sagte, ließ mich erst recht begreifen, daß er Angst hatte. Er war jemand, der ins Dunkel starrte und sich von überall bedroht fühlte. Daß die Anforderungen an seine Leistungskraft durch die Einrichtung des neuen Büros nun noch einmal gesteigert wurden, war zu viel für ihn.

Ich sagte ihm, er solle sich mal untersuchen lassen und, wenn möglich, noch einmal Urlaub machen.

»Ich kann nicht«, sagte er, »ich bin mit meiner ganzen Arbeit im Rückstand. Schon diese Reise hätte ich mir nicht leisten dürfen.«

Ich begann ihm Mut zu machen. Jeder hätte das mal. Mir ginge es manchmal genauso. Ich sei sicher, daß er bald wieder seine alte Form finde. Und so weiter und so weiter, während wir oben über den Deich gingen, hinter uns unsere Frauen, die sich lebhaft unterhielten. Wenigstens in dieser Hinsicht war der Besuch ein Erfolg, denn die beiden mochten sich.

Es war ein schöner, milder Novembertag mit einem von Wolkenschleiern weißlich verwischten Himmel, an dem schon ziemlich tief eine blasse Sonne stand. Sie ließ das restliche gelbe Laub der Pappeln leuchten, aber sonst herrschten das Graugrün der leeren Viehweiden zwischen Deich und Festungsmauer und das Grau des Stromes vor. Außer daß es weniger Kopfweiden gab, hatte sich in der Landschaft seit unserer Kindheit nichts geändert, und doch kam sie mir verwandelt vor. Ich wußte nicht, was mir fehlte, so schön ich auch jetzt diese weiträumige, ruhige Landschaft fand, in der wir ganz allein waren. Erst als wir zum Parkplatz am Nordtor zurückgingen, fiel es mir ein. Es war immer Sommer gewesen, wenn wir mit unseren Eltern herkamen, und hier auf dem Platz hatte ein Karussell mit auf und ab wippenden weißen Holzpferden gestanden, das dröhnende Musik machte. Es gab eine Schiffsschaukel mit einer großen Glocke, die immer wieder geläutet wurde, Schießstände, Losverkäufer, Männer mit weißer Schürze und weißen Käppis, die in großen Kupferpfannen gebrannte Mandeln herstellten und in kleinen Tüten verkauften, und alles zusammen, der süße Karamelgeruch, die Stimmen der Ausrufer, die Musik und die vielen Menschen und dahinter das Nordtor der Festungsmauer, war ein einziger Anprall des Lebens gewesen, eine bunte, tönende Woge, die über mir zusammenschlug.

Ich wußte nicht, ob mein Bruder, der ja fünf Jahre jünger war, ähnliche Erinnerungen hatte, und sagte nur: »Hier war früher der Kirmesplatz.« »Ich weiß«, antwortete er. Es klang nicht so, als ob wir uns verstanden hätten. Aber bevor wir ins Auto stiegen, sagte er: »In zwei Jahren, zu meinem sechzigsten Geburtstag, gebe ich ein ganz großes Fest. Dann müßt ihr unbedingt nach Wien kommen.« Wir sagten sofort zu. Solche Aussichten mußte man festhalten. Jetzt allerdings, als wir überlegten, ob wir noch einen Abstecher zu einem nahegelegenen Kloster mit einem kleinen völkerkundlichen Museum machen sollten, hatten wir auf einmal alle genug.

Am Abend erwartete er noch seine Söhne und seine Schwiegertochter im Hotel, und wie bei der Hochzeitstafel überkam ihn nach dem Essen die Müdigkeit, und er mußte kämpfen, um nicht bei Tisch einzuschlafen. Trotzdem fuhr er am nächsten Tag, wieder mit nur einem Halt an einer Tankstelle, nach Wien zurück. Es war ein letzter Sieg seiner Willenskraft. Denn in den nächsten Tagen schaffte er kaum noch seine tägliche Arbeit. Er war auf dem Boden des Fasses angelangt.

Die Diagnose

Bei uns vergingen die Tage in Alltäglichkeit, und aus Wien hörten wir nichts. Mein Bruder und H. schienen nicht nur abgereist, sondern hinter einer Nebelwand verschwunden zu sein, und auch die widersprüchlichen Eindrücke der gemeinsam verbrachten Stunden hatten sich darin aufgelöst. Wenn mir der Besuch wieder einfiel, schob ich die Erinnerung beiseite. Ich hatte keine Lust, mich schon wieder auf die Probleme meines Bruders einzulassen, die eine fatale Neigung zur Wiederholung zeigten. Irgendwann mußte damit Schluß sein. Er sollte jetzt endlich sein Leben in Ordnung bringen.

Der Tag der Preisverleihung rückte allmählich näher. Da ich meine Dankesrede schon geschrieben hatte, brauchte ich nicht weiter daran zu denken. Ein Journalist rief an, der mir am Telefon einige vorbereitete Fragen stellte, und ein Fotograf kam vorbei, um Aufnahmen zu machen. Sonst war alles wie immer. Ich schrieb an einem Text, der aus irgendeinem Grunde noch nicht seine richtige Form gefunden hatte. Ich konnte nicht erkennen, woran es lag. Vielleicht war ich noch nicht in das Zentrum der Geschichte eingedrungen, sondern hielt mich immer noch an ihren Rändern auf.

Es regnete anhaltend, ein gleichmäßiges dünnes Geräusch, das man leicht vergaß. Es war nicht das laute Rauschen eines sommerlichen Regens, der in das dichte Laub der Bäume fiel. Die Pappeln vor dem Fenster meines Arbeitszimmers hatten fast alle Blätter verloren, und wie in jedem Herbst fragte ich mich, welcher Baum als erster und welcher als letzter kahl sein würde. Ich war allein in der Wohnung, denn in Köln fand der alljährliche Kunstmarkt statt, und meine Frau verbrachte den ganzen Tag in einer Galerie. Mittags ging ich irgendwo etwas essen, trank in einem Stehausschank eine Tasse Kaffee und kam wieder in mein Arbeitszimmer zurück. Irgend etwas fehlte mir, ein Reiz, eine Anregung, ein neuer Einfall, oder das, was in unserer Privatsprache die »überdimensionale Glücksbotschaft« hieß. Meistens benannten wir allerdings die Drucksachen so.

Zum Kunstmarkt zu gehen hatte ich in diesem Jahr keine Lust. Aber im Briefkasten hatte eine üppige Einladung des Autohändlers gelegen, bei dem ich vor zwei Monaten ein Auto gekauft hatte. Die neuen Spitzenmodelle des von ihm vertretenen Herstellers waren auf den Markt gekommen, und er gab aus diesem Anlaß für seine Kunden einen Empfang, um ihnen die Wagen vorzuführen. Das war eine jener Veranstaltungen, die mich als Autor immer mehr interessierten als die üblichen Darbietungen des Kulturbetriebs. Und so fuhr ich am Abend, zusammen mit meiner Frau, dorthin, um zwischen den auf Hochglanz polierten Luxuskarossen herumzugehen, eine Tür zu öffnen, ein Cockpit zu besichtigen, mir die neueste Technik und den Komfort erklären zu lassen und, ein Sektglas in der Hand und vom Firmeninhaber mit anderen Kunden bekanntgemacht, Liebhabergespräche über Autos zu führen. Neben der technischen Eleganz der rundum angestrahlten Wagen wirkten die Menschen bescheiden und banal. Der Nimbus der Schönheit, der Vollendung, der Macht haftete an den Gegenständen, und wenn man seiner teilhaftig werden wollte, mußte man eines dieser Autos kaufen.

Als wir nach Hause kamen, hörten wir schon im Treppenhaus in unserer Wohnung das Telefon klingeln. Es klang dringlich wie ein Alarm, und obwohl ich keinen wichtigen Anruf erwartete, beeilte ich mich, nach oben zu kommen. Im Moment, als ich die Wohnungstür aufschloß, verstummte das Rufzeichen. Da es noch nicht spät war, dachte ich, der ziemlich hartnäckige Anrufer würde sich nach einiger Zeit noch einmal melden. Anscheinend aber war es nichts Wichtiges gewesen, denn der Apparat blieb für den Rest des Abends still.

Am nächsten Vormittag – ich saß wie gewöhnlich an der Schreibmaschine vor meinem Manuskript – hörte ich meine Frau im Gang zu meinem Zimmer rufen, ich solle den Hörer abnehmen, mein Bruder wolle mich sprechen. Und noch etwas rief sie, was ich nicht richtig verstand, weil sie, gehetzt von der Aufregung, die ich ihrer Stimme anhörte, schon wieder nach vorne eilte, um das Telefon in mein Zimmer umzustellen.

Ich hob ab und wartete, herausgestoßen aus meiner Arbeit, doch noch nicht ganz aufgetaucht. Plötzlich, als habe sich etwas in mir zurechtgeschoben, war ich auf alles gefaßt. Ich hielt den Hörer an mein Ohr und blickte vor mich auf die Tischplatte, wie um einen Bereich abzustecken, in dem ich allein und unangreifbar war. Es knackte in der Leitung. Das Telefon war umgestellt, der Riegel geöffnet. Ich sagte: »Ja?« Und sofort drang die seltsam rauhe Stimme meines Bruders auf mich ein. Sie hatte etwas Forderndes, eine Schroffheit, als wolle er mich zur Rede stellen.

»Guten Morgen. Wie geht es dir?«

So harmlos und arglos, wie es mir gerade noch möglich

war, antwortete ich: »Danke, gut.« Und um das Gespräch an ihn zurückzugeben und hervorzulocken, was er eigentlich wollte, fragte ich: »Und wie geht's dir?«

Es kam keine Antwort. Hatte ich etwas Unerlaubtes gefragt? Auf welche Distanz standen wir uns gegenüber, ich mit wachsender Beklommenheit, fast schon einem Schuldgefühl?

Da war wieder seine Stimme, wie zugeschnürt. Er räusperte sich, bevor er sprach: »Ich bin im Krankenhaus zu einer Spezialuntersuchung.« Er machte eine kurze Pause, dann brachte er es heraus. »Ich habe Leukämie.«

Als wäre ich gespalten worden, hatte ich zwei Reaktionen: Ich fühlte mich blitzartig erhellt, wie von einer lange fälligen Erkenntnis, die ich mir immer verboten hatte, und fast gleichzeitig war ein lautloses Schmettern um mich herum, ein wortloses Getöse, von dem ich umdunkelt und verschüttet wurde. Und wie man nach Luft schnappt, mußte ich erneut das Wort suchen. Leukämie. Es war Leukämie. Er hatte Leukämie! Das hatte meine Frau im Flur gerufen, ohne daß ich es verstanden hatte. Noch hatte der Riegel gehalten, der das Unglück so lange ausgesperrt und verschlossen hatte. Dann war die Tür aufgesprungen.

»Was?« sagte ich. »Du hast Leukämie? Was bedeutet das?«

Ruhig, als lese er das Urteil, das über ihn gefällt worden war, von einem Blatt ab, antwortete er: »Ohne Behandlung bin ich in zwei Wochen, spätestens in drei Wochen tot.«

Ich konnte nichts sagen, außer seinem Namen. Das Schmettern war um mich herum, das Getöse, das das Unglück machte. Und für einen Augenblick verlor ich ihn, als würde er fortgerissen. Doch er hatte mir ja etwas zugeworfen, ein Seilende, das ich ergreifen konnte. »Ohne Behandlung« hatte er gesagt. So gab es also eine Möglichkeit! Man konnte die Krankheit behandeln. Wie sah es mit Behandlung aus?

Wieder blieb er ruhig und schien sich ganz auf den Bericht zu konzentrieren. Ich hörte es seiner Stimme an, die sicherer und lebhafter wurde, während er mir Auskunft gab. Man würde, unterbrochen durch eingeschobene Erholungs- und Beobachtungsphasen, drei Chemotherapien mit ihm machen. Bei der ersten hatte er eine Überlebenschance von 60 Prozent, bei der nächsten waren es noch 40 Prozent, dann nur noch 20 Prozent. Man mußte sie alle drei machen. Es war eine Dreischritt-Therapie. Sie war die ultima ratio. Schlug sie nicht an, gab es keine weitere therapeutische Möglichkeit mehr. Wurde eine vorläufige Remission des Krebses erreicht, konnte er nicht unbehelligt weiterleben, sondern mußte in regelmäßigen Abständen wieder ins Krankenhaus zu einer chemotherapeutischen Erhaltungstherapie. Sie war weniger aggressiv als die drei voraufgegangenen Giftangriffe auf die Krankheit. Doch die hatten ihn dann schon zum Invaliden gemacht. Herz, Lunge, Leber, Nieren und der Verdauungstrakt, eigentlich alle wichtigen Lebensfunktionen, hatten mit großer Wahrscheinlichkeit Schaden genommen, so daß seine Aussichten auf längere Zeit weder verlockend noch günstig waren. Dies war die Gegenrechnung zu der Gewißheit, ohne Behandlung in zwei, spätestens drei Wochen tot zu sein.

Er verstummte. Ein Loch öffnete sich unter uns, eine Tiefe ohne Auffangnetz. Solange er gesprochen hatte, gab es etwas, das uns hielt. Es war der Bericht selbst, die rhetorische Konvention der Sachlichkeit, die ihn, den Verurteilten, zu einem objektiv Berichtenden machte und mich zu seinem Zuhörer, der wissen wollte, was er mir mitzuteilen hatte. Durch den Ton, den er anschlug, und die Disziplin, die er sich auferlegte, wies er mir meine Rolle zu, und solange er sprach, schien er selbst einen Schritt weit außerhalb des Schreckens zu stehen. Ich hörte ihm zu mit einer zwanghaften Konzentration, die es mir schwermachte, alles zu erfassen. Und zugleich redete eine zweite Stimme, meine eigene, am Rande meiner Aufmerksamkeit, die immer fragte: Was tun? Was kannst du ihm sagen? Wie stellst du dich ein? Während er – immer noch der Berichterstatter seines Unglücks – über die Einzelheiten der Behandlung sprach.

Plötzlich sprach er nicht mehr. Er hatte alles gesagt, und das Netz unter uns war verschwunden, wie abgeschnitten. Wir mußten abstürzen, wenn ich nicht weiterredete. Mein Schweigen war eine zweite, verräterische Sprache, eine Blöße, auf der sein Blick ruhte. Was erwartete er von mir? Eine Entscheidungshilfe? Zuspruch? Einen Rat? Ein bergendes, umhüllendes Gefühl? Mir saß ein kalter Klumpen im Hals. Denn ich – in schrecklicher, innerer Überstürzung nach einem Ausweg aus dem Unglück suchend – hatte ihn schon aufgegeben. Das war im Augenblick fast schon die Rettung. Man stürzte sich auf die schlimmste Möglichkeit, ergriff sie und krallte sich daran fest. Dann konnte nichts Schlimmeres mehr geschehen. Man fühlte sich gefeit, im Einklang mit dem Objektiven. So wird es auch sein, wenn ich sterbe, sagte ich mir. Es war nur ein Gedankenblitz. Er zuckte vorbei mit einem blassen Nachleuchten: später, später, irgendwann!

Ich war gebannt von dem Gedanken, daß er sterben müsse. Vielleicht weil plötzlich, mit der geisterhaften Schnelligkeit einer Kristallisation, eine Ordnung für sein Leben gefunden schien. Es war die schlimmste mögliche Ordnung. Sie vereitelte und verhöhnte alle seine Anstrengungen, seinem Leben einen neuen Sinn zu geben, war aber das, was die Psychologen eine »optimale Gestalt« nennen, ein Muster, das durch seine Einfachheit überzeugte. Man war geneigt zu denken, daß dieses Ende, so widersinnig es ihm erscheinen mußte, als Abschluß seines Lebens konsequent sei.

In diesem ersten langen und immer wieder stockenden Telefongespräch kam ich mir wie ein Halbblinder vor, der sich in ein dunkles, fremdes Gelände vortastet, in dem er überall straucheln kann. Dort im Dunklen wartet jemand, der ist geladen mit Tod wie eine Sprengbombe. Es ist schwierig, ihm nahezutreten, und gefährlich, ihn zu berühren. Ich vermochte es nur mit einer Frage: »Was willst du tun?«

»Ich weiß es nicht«, sagte er müde, »ich bin ganz leer.«

Ich hörte die Lähmung in seiner Stimme, die Müdigkeit. Nichts, was er noch vor sich sah, war wünschenswert. Er hatte keine Zukunft mehr.

»Ich verstehe«, sagte ich.

Augenblicklich schämte ich mich über die billige Vertraulichkeit dieser Redewendung und den gedämpften, feierlichen Ton, mit dem sie mir über die Lippen gekommen war. Mein sogenanntes Verstehen war gratis, eine Einfühlung ohne Risiko. Er dagegen mußte wahrscheinlich bald sterben, unvertretbar allein, trotz aller Einfühlung, die ihn dabei begleiten mochte. Weil wir jetzt in grundsätzlich verschiedenen Situationen lebten, begann in meinen Ohren alles, was ich sagte oder sagen wollte, zweideutig zu klingen. Immer hörte ich zwischen meinen Worten den Beiklang des unausgesprochenen Satzes: »Ich bin es nicht, der stirbt.«

Ich war mir nicht sicher. Die Grenze zwischen uns kam mir nicht verläßlich vor. Und wie in einem jener vertrackten

Träume, in denen man immer das herbeiführt, was man unbedingt vermeiden möchte, begann ich von der radikalen Therapie zu sprechen, bei der dem Kranken das Knochenmark eines nahen Verwandten übertragen wird, der dieselbe Blutgruppe hat. Ich hatte dieselbe Blutgruppe, wie wir sofort feststellten. Als er mich danach fragte, dachte ich eine Sekunde lang: Ich könnte ihm eine andere nennen. Das verwarf ich sofort und hörte, wie er sagte: »Dieselbe wie ich.«

Ich spürte, wie ich zurückwich. Die Operation und die Entnahme einer großen Menge von Knochenmark mußten eine schwere Belastung sein, ein Angriff auf ein Zentrum des eigenen Lebens. Aber konnte ich ihm diese Hilfe verweigern, wenn sie für ihn die letzte, vielleicht auch nur erhoffte Möglichkeit der Rettung war? Blutsverwandtschaft, schoß es mir durch den Kopf. Das Wort, das mir nie etwas bedeutet hatte, nahm plötzlich eine düstere Bedeutung an. Das Leben, das in einem pulste, gehörte einem nicht allein. Ich mußte einen Teil davon hergeben. Nicht nur sein Brot mußte man in der Not teilen, auch sein Leben. Alle, die nicht davon betroffen waren, dachten wohl so.

»Hast du mit deinem Arzt darüber gesprochen?« fragte ich.

»Natürlich«, sagte er.

Natürlich, echote es in mir. Er hat natürlich an alles gedacht. Eine Pause entstand, eine Leere oder ein Lauern. Ich will nicht, daß er mich mitzieht, dachte ich. Dann sprach er wieder. Seine Stimme klang mutlos. Die Stimme eines Menschen, der keinen Ausweg sah.

»Sie machen es nur bei Leuten unter fünfzig Jahren.«

»Warum?« fragte ich.

Das war eine automatische Frage, doch begriff ich zugleich, daß sie mir half, vor ihm zu verbergen, wie erleichtert ich mich fühlte. Er antwortete leise und resigniert. Ich hörte ihm an, daß er von einer aufgegebenen Hoffnung sprach: »Bei älteren Leuten scheinen die Ergebnisse nicht mehr gut zu sein.«

Langsam ebbte meine Angst ab und verwandelte sich in Scham darüber, daß ich mich gerettet wußte, weil er verloren war.

Um unverfänglich weiterzureden, denn das Reden war immer noch die einzige Rettung für uns, fragte ich ihn, ob er gestern abend angerufen habe. Und ja, das hatte er getan, mich aber nicht erreichen können. Ich erzählte ihm, daß ich in einer Autoausstellung gewesen sei. Denn schließlich war er ein Liebhaber schöner Autos und hatte seine letzte Reise von Wien nach Köln und zurück gegen H.s Einspruch mit dem neuen BMW gemacht. Gerade deshalb hätte ich besser nicht erwähnt, wo ich gestern abend war. Der Ton, mit dem er »Ach so« sagte, gab mir zu verstehen, daß ihn das alles nicht mehr betraf. Eigentlich kann ich ihm gar nichts mehr erzählen, dachte ich.

Er sagte dann, daß er in der Klinik übernachtet habe, weil er plötzlich Fieber bekommen habe. H. sei bei ihm in der Klinik geblieben und habe in dem zweiten Bett geschlafen. Sie habe, weil sie so erschöpft und durcheinander gewesen sei, eine Schlaftablette genommen und schwer betäubt neben ihm gelegen. Er habe nicht schlafen können. Alles sei ihm pausenlos durch den Kopf gegangen. Daß er Leukämie hatte, wußte er schon. Aber die genaue Bestimmung seiner Krankheit stand noch aus. Er habe mit offenen Augen im Bett gelegen und dem Morgen entgegengebangt.

Ich stelle mir vor, wie die beiden auf den Arzt warten. Sie

sind früh aufgestanden und haben das Krankenhausfrühstück, das eine Schwester auf zwei Tabletts hereingebracht hat, kaum angerührt. H. hat die Spuren ihres Betäubungsschlafes mit einem Make-up übertüncht. Er ist angezogen, als ob er zu einer seiner Besprechungen in die Bank müsse. Seine Gesichtshaut ist grau, und das linke Augenlid hängt schlaff herab, was sein ganzes Gesicht aus der Balance bringt. Wie immer hat er sich mit dem Messer rasiert. Seine Hand war unsicher an diesem Morgen, und so hat er mehrere Schnittwunden am Hals und am Kinn. Die Krusten kann er jetzt nicht wegwaschen, ohne daß gleich wieder eine Blutung beginnen würde. Macht H. ihm Vorwürfe wegen seiner Marotte, mit der er sich so zugerichtet hat? Dann wird er ihr schroff antworten, mit einer gepreßten, belegten Stimme, die verrät, daß er um seine Fassung kämpft.

Inzwischen ist der Chefarzt in der Klinik eingetroffen und hat auf seinem Schreibtisch die Diagnose vorgefunden, die ihn nicht mehr überrascht. Er ruft den Stationsarzt an. Der Fieberanfall des Patienten gestern abend paßt ins allgemeine Bild. Noch vor der Visite will er die Diagnose persönlich überbringen.

Er hat vielfache Erfahrung darin. Doch jedesmal fürchtet er den ersten Moment: das Öffnen der Tür, die angstvollen Gesichter, den Schritt über die Schwelle, den ersten schicksalhaften Satz.

Jetzt ist er an der Tür und zieht die Hand aus der Tasche seines weißen Kittels. Hatte er sie dort versteckt? Er klopft an: Nicht zu laut, nicht zu barsch, man soll nicht erschrekken. Mit dem Klopfen ist er eingetreten, wie der Regisseur, der er selbst ist, es ihm geraten hat: »Klopf an und geh sofort hinein. Und dann sagst du« ... und so hört er es sich jetzt sagen:

»Guten Morgen, ich bin der Überbringer einer Unglücksbotschaft. Und Unglücksboten sollte man davonjagen. Darf ich mich trotzdem einen Augenblick zu Ihnen setzen?«

Zwei Gesichter starren ihn an. Sprachloser Schrecken, noch kein Verstehen. War das ein Scherz? Warum rast das Herz so? Was hat er eigentlich gesagt?

Diese scharadenhafte Gesprächseröffnung ist mir von meinem Bruder erzählt worden. Auch so, mit solcher koketten Bonhommie, kann das Unentrinnbare ins Zimmer treten.

Nun sitzt man sich gegenüber, und das Unglück wechselt in seine klinische Sprache. Die Untersuchung des Knochenmarks hat ergeben, daß es sich bei der Erkrankung um die schlimmste Form des Blutkrebses handelt, die sogenannte Akute myeloische Leukämie in einem fortgeschrittenen Stadium. Die Krankheit ist ein lautloser, rasender Todesgalopp. Will man überhaupt noch mit einer Behandlung beginnen, darf man keinen Tag mehr zögern.

Der Arzt hat seine gewohnte Sicherheit gefunden. Er ist wieder die hämatologische Autorität. Das hilft dem Patienten, auch eine respektable Figur zu machen. Er wirkt gefaßt und stellt Fragen. Man könnte glauben, es sei ein Fachgespräch über Chemotherapie.

H. sitzt dabei, gelähmt von Todesgewißheit. Der Arzt ist aufgestanden und drückt ihnen beiden die Hand. In drei Stunden kommt er zurück, um zu erfahren, wie sich der Patient entschieden hat. Die Alternative lautet: Man wird keine Therapie mehr einleiten und den Kranken mit stützenden Maßnahmen in den nahen Tod begleiten.

Wie kann ein Mensch eine Wahl treffen, wenn es nichts

Wünschenswertes zu wählen gibt? Er war nicht satt, nicht müde. Er hatte um ein neues, besseres Leben gekämpft. Und es hatte auch schon begonnen, war um ihn herum entstanden, zum Greifen nah. Wie sollte er darin einwilligen, daß plötzlich alles zu Ende war?

Und trotzdem dachte ich (und H. schrieb später, daß sie es auch gedacht habe), es wäre besser für ihn, den schnellen Tod zu wählen. Es gab Gründe, es so zu sehen. Er hatte kaum eine Chance, die Therapie zu überleben, und wenn doch, für eine begrenzte Zeit, dann würde er ein chronisch Kranker sein, mittellos und angewiesen auf die Hilfe und Fürsorge anderer Menschen. Einem Menschen wie ihm konnte man das nicht wünschen. Auch allen anderen nicht, falls sie nicht Märtyrer der Nächstenliebe waren. Die meisten Angehörigen der Sterbenden bevorzugen einen schnellen Tod.

Wenn ich mich aber in meinen Bruder hineinversetzte, schauderte ich bei dem Gedanken zurück. Um einzuwilligen ins Sterben, brauchte man Zeit. Mehr Zeit als die zwei Wochen, die ihm der Befund noch ließ, und viel mehr Zeit als die drei Stunden, die ihm zum Nachdenken gelassen waren. Er mußte diese Zeit wählen, und das hieß die Therapie. Auch wenn er keine große Hoffnung auf Heilung mehr haben konnte, die Therapie bedeutete Aufschub, eine etwas längere, unbestimmte Frist, die er noch unter Menschen war. Trotz aller Leiden, die ihm bevorstanden, würde er leben. Es würde den Wechsel von Tag und Nacht geben und die tägliche Wiederkehr des Lichtes. Eine geordnete Menschenwelt würde ihn umgeben, Patienten, die sein Schicksal teilten, und Ärzte und Krankenschwestern, die sich um ihn kümmerten. Er konnte Besuch empfangen. Vertraute Menschen würden neben seinem Bett sitzen und von der Welt draußen erzählen, und in seinen Gedanken, seinen Phantasien könnte er daran noch einen Anteil haben. In den Erholungsphasen zwischen den Therapien durfte er vielleicht sogar für kurze Zeit das Krankenhaus verlassen. Dann konnte er in seine neue Wohnung fahren und in seinem eigenen Bett schlafen. Er würde Anfälle von Angst und Verzweiflung erleben, aber es kamen vielleicht auch Augenblicke der Ruhe, angenehme Wachträume und Erinnerungen. All das war Leben und nicht nichts. Nicht endgültig und für immer das unwiderrufliche Versinken in dem schwarzen Abgrund, dem niemand entkommt, den man nicht versäumen kann, mit dem es keine Eile hat. Das Leben, das er noch wählen konnte, war vielleicht Qual und Leiden, doch immer noch Leben, und das Nichts war nur die letzte Option, wenn es nichts mehr zu hoffen gab.

Auf meine Frage, was er tun wolle, hatte er keine Antwort gewußt. Nichts regte sich in ihm, was zu einer Antwort führen konnte, kein Wunsch mehr, der ein Licht in die Zukunft warf. Erst einige Zeit später, nachdem wir noch eine Zeitlang geredet hatten, sagte er – und teilte mir so mit, wie er sich entschieden hatte: »Es ist nur ein Versuch.«

Ich weiß nicht mehr, wie lange das Gespräch dauerte. Es war ein schwieriger Weg, voller Untiefen und Bodenspalten, über die wir uns gegenseitig hinweghalfen. Als ich auflegte, fühlte ich mich taumelig wie nach einer schweren Arbeit. Ich ging zu meiner Frau und erzählte ihr alles, auch, daß ich ihm versprochen hatte, gleich nach der Preisverleihung, die in vier Tagen stattfand, für längere Zeit nach Wien zu kommen. Er hatte sich darüber gefreut, soweit er sich überhaupt noch freuen konnte. Es schien immerhin eine gute Aussicht für ihn zu sein. Er mußte jetzt alles sammeln und sich vor Augen halten, was ihn stärkte und ans Leben band. Später begann er alle Menschen, die sich um ihn kümmerten und ihm halfen, als sein Team zu bezeichnen. Sie waren sein Team im Kampf gegen den Tod. Manchmal sagte er: »Siegen kann man nur mit dem besten Team.« Damit setzte er alle unter Druck

Ich hatte ihm gesagt: »Wenn ich in Wien bin, können wir über alles reden.« Und mit »alles« meinte ich Leben und Tod in einem umfassenden Sinn. Das war eine hochtrabende Phrase, denn ich hatte nichts Tröstendes zu bieten. Zu entsetzlich erschien mir, was ihm geschehen war.

Es war inzwischen Zeit zum Mittagessen. Doch als wir vor unseren Tellern saßen, brachten wir kaum etwas herunter. Wir tranken Kaffee, und ich ging in mein Arbeitszimmer, um nach kurzer Zeit wieder aufzustehen. Es war nicht nur so, daß ich mich nicht konzentrieren konnte, mein Thema, meine Motive, das ganze Vorhaben waren wie ausgelöscht. Also ging ich spazieren. Das schien mir das Beste, was ich jetzt tun konnte.

Langsam schlenderte ich durch die beiden kleinen Parks und durch die Straßen meines Viertels, umgeben vom alltäglichen Leben. Ich sah eine alte Frau, die ihrem Hund den Hintern abputzte wie einem kleinen Kind. Leute grüßten mich. In den Fotokopierläden herrschte Hochbetrieb, denn an den Fachhochschulen war das Semester in vollem Gang. Ich blieb vor dem Schaufenster einer Buchhandlung stehen. Die Auslage kannte ich schon, und die meisten Bücher interessierten mich nicht. Es waren die Bücher der Saison. Die Bücher der nächsten Saison waren längst in den Druckereien. Und die Bücher, die jetzt geschrieben wurden, würde ich vielleicht auch noch lesen können. Junge

Frauen, vermutlich Studentinnen, gingen hinter mir vorbei. Ich sah matt ihr Spiegelbild in der Scheibe, hörte ihre lebhaften Stimmen. Weiterschlendernd kam ich zum Chlodwigplatz. Eine Frau, die zu einer religiösen Sekte gehörte, bot mit reglosem Gesicht eine Zeitschrift an, die sie wie ein Plakat vor ihre Brust hielt. Im Vorbeigehen las ich die Schlagzeile über der ersten Seite: »Der Tag des Herrn kommt«. Ich ging in die Bäckerei an der Ecke, um am Stehausschank eine Tasse Kakao zu trinken, beobachtete das Gedränge an der Verkaufstheke und das pausenlose Hin- und Hereilen der Verkäuferinnen. Dahinter, auf dem Bürgersteig, strömten die Passanten in beiden Richtungen an den Fenstern vorbei. Ich sah hinüber und spürte, wie mich das beruhigte. Das Leben war weiterhin in Gang. Man konnte sich darauf verlassen. Im Hintergrund arbeitete der Tod. Doch im Bild des Lebens, so wie es sich mir darbot, wie es mich umschloß, gab es keine Lücken. Es war ein ständig sich erneuernder Überfluß, ein dauerndes Pulsen von Energie.

Als ich wieder auf die Straße trat, kam gerade der Bus. Die automatischen Türen fuhren zischend beiseite, und die Trittbretter klappten herunter, damit die Fahrgäste aus- und einsteigen konnten. Ich sah diesen einfachen, wohlbekannten Vorgang mit Zustimmung. Das war in Ordnung, es funktionierte, und alle machten täglich Gebrauch davon. Mit Wohlwollen sah ich hinter dem Bus her, der weit ausschwenkend um die Ecke fuhr. Am Bankomat, neben der Haltestelle, stand eine kleine Menschenschlange. Ein Mann zog gerade einen Packen Scheine aus dem Schlitz der Geldausgabe. Beiseitetretend steckte er ihn in seine Brieftasche, die er sorgfältig in der Innentasche seiner Jacke verstaute. Ein zufriedener Ausdruck erschien auf seinem Gesicht. Struppig und mit stieren Augen torkelte mir ein Betrunkener entgegen und zwang mich zu einer Ausweichbewegung. Eine junge Frau, die ihm folgte und den Beinahe-Zusammenstoß beobachtet hatte, lächelte mir zu. Der Betrunkene hatte wohl nichts gemerkt. Er wankte durch eine Welt nebelhafter Undeutlichkeiten. Ich ging in den Drogeriemarkt, kaufte Rasierwasser und eine Zahnbürste und trat Minuten später wieder auf die Straße, meine Einkäufe in einer kleinen Tüte tragend. Sie knisterte wie Seidenpapier und bestand aus einem ebenso leichten, aber festeren Material. Es gefiel mir, seine Beschaffenheit wahrzunehmen. Im Gehen vergaß ich das Ding und erinnerte mich beiläufig wieder, daß ich es in der Hand trug, ein Etwas, das nicht ganz verschwand, wie ein feines Brennen an den Fingerspitzen. Wieder war ich eingetaucht in die Menschenmenge, Teil der vielfältigen Bewegungen, nicht damit verschmolzen, nicht völlig davon getrennt, ständig zerstreut und wieder bei mir selbst, trieb ich durch die Aura fremder Körper und wurde von zufälligen und flüchtigen Blicken gestreift. Blicke hin und her, schnelle Einschätzungen von Möglichkeiten, das Leben umhüllt von Nicht-Gelebtem, immer unterwegs auf ein Außerhalb zu, falls wir nicht alle stillstanden und die Zeit auf uns zuraste, jeder natürlich in seiner Zeit. In keinem der Gesichter las ich einen Gedanken an den Tod.

Als ich auf dem Heimweg war, gingen in den Geschäften die Lichter an, und über den Dächern und in den Häuserlücken stand die rosafarbene Lauge eines spätherbstlichen Abendhimmels, durchzogen von dunklen Wolken. Die beiden Lichtzonen hatten keine Verbindung zueinander, und ich wußte nicht, wozu ich gehörte. Es war Ende November, vorletzter Tag des Monats, in dem ich geboren bin. Ich mag die kürzer werdenden Tage mit der früh einbrechenden Dunkelheit und das künstliche Licht in den Häusern, das einen langen Abend verspricht. Drinnen und Draußen, Geborgenheit und die offene Weite des Nachtraums sind nun schärfer getrennt. Und tief in der Nacht, wenn nur noch hier und da ein Fenster erleuchtet ist, erscheint einem die bewohnte Menschenwelt wieder als das, was sie ursprünglich war: eine umhegte Insel, umgeben von Dunkelheit und einer unheimlichen kosmischen Stille. Jetzt allerdings machte die Adventsbeleuchtung die ganze enge Severinstraße mit ihren niedrigen, schmalen Häusern zu einem belebten, basarähnlichen Innenraum. Ich ging auf die mittelalterliche Torburg zu, in deren Stockwerken auch Licht brannte. Hier tagten Vereine, und große Familien feierten hier Geburtstage, Jubiläen und Hochzeiten, und vielleicht fand auch ein heimatkundlicher Lichtbildvortrag statt. Rechts an meinem Weg stand, alle anderen Häuser überragend, die schöne Barockfassade des Hauses Balchem, das eine Zweigstelle der Stadtbücherei beherbergt. Einem Einfall folgend, ging ich hinein und ließ mir einige medizinische Bücher geben.

Ich hatte mich als Schriftsteller immer schon für den menschlichen Körper interessiert, aber das Blut war seltsamerweise am Rand meiner Interessen geblieben. Vielleicht wegen seiner Stummheit oder auch, weil sich traumatische Erinnerungen damit verbanden. Als Kind hatte ich oft starkes Nasenbluten gehabt. Nachts war ich manchmal davon aufgewacht, und die herbeigerufenen Eltern hatten mich blutverschmiert auf meinem rotverfleckten Kissen gefunden. Rot war die Warnfarbe und zugleich die Farbe, auf die ich immer verfiel, wenn ich die am meisten geliebte Farbe nennen sollte. Rot, das bedeutete Wärme und Leidenschaft, das flammende Feuer und seinen flackernden Widerschein. Es war der Leuchtstoff des Lebens, der aber als seine äußerste Konsequenz das Schwarz enthielt. Blut trocknet schwarz, ein brennendes, funkensprühendes Holzscheit verkohlt zu einem Schwarz, von dem aus es keinen Rückweg mehr zu einer Farbe gibt. Blutfarbe und Feuerfarbe kommen im Schwarz zur Ruhe. In den Nächten, in denen meine Nase zu bluten begann, war, wenn ich überhaupt etwas sehen konnte, das Blut eine schwarze Flüssigkeit, und der Schrecken ging davon aus, daß es so stetig aus mir herausrann. Die ganze Panik des Krieges ist für mich noch enthalten in der blutnassen Uniform eines Kameraden, der während eines nächtlichen Feuergefechtes neben mir einen Lungenschuß bekam und dem ich, während er wimmerte und röchelte, mit dem Taschenmesser die Uniform vom Leib herunterschnitt, um mit meinem Verbandszeug an die Wunde zu kommen. Wir lagen nebeneinander auf der Erde, und ich sah sie vor mir, eine schwarze Quelle auf der bleichen Haut. Vorsichtig wälzte ich ihn herum, um nach dem Ausschuß zu suchen. Aber den gab es nicht.

»Ich will nicht sterben«, flüsterte er.

»Keine Angst«, sagte ich, »wir bringen dich zurück.«

Und begann laut um Hilfe zu rufen. Da ich das Verbandszeug nicht befestigen konnte, preßte ich es gegen die Wunde. Er hustete, und ich wischte ihm das Blut vom Mund. Der menschliche Leib ist ein Sack voll Blut.

»Ich will nicht sterben.«

Diesen inbrünstigen, angstvollen Satz habe ich so nie wieder von einem Menschen gehört, auch von meinem

Bruder nicht. Vielleicht läßt der riesige therapeutische Aufwand einer modernen Klinik einen solchen Satz als Trivialität erscheinen. Selbst ein Todkranker bringt ihn kaum über die Lippen. Geduldige Mitarbeit des Patienten ist gefragt, Vertrauen auf die Ärzte, Anpassung und stilles Leiden.

Im Vergleich zu der Kriegsszene war das, wovon ich jetzt las, ein lautloses, verdecktes Geschehen. Ich blickte in die Phantastik des Körperinneren und sah einem fortschreitenden Entgleisen des Lebens zu, einem sich selbst verstärkenden Irrtum an seinem Quell- und Ursprungsort, an dem es allmählich erstickte.

Die Leukämie, so erfuhr ich, ist eine stumme Krankheit mit zunächst undeutlichen Symptomen. Denn im Unterschied zu den lebenswichtigen Organen, die ihre Notzustände durch Mißempfindungen und Schmerzen dem Bewußtsein melden, hat das Blut, solange es sich nicht zeigt, keine eigene Sprache. Zwar ist der ganze Körper krank, wenn das Blut erkrankt, denn es ist das Transportmedium für den Sauerstoff, die aufgeschlossene Nahrung, die Rückstände des Stoffwechsels und die Hormone, es reguliert den Flüssigkeitshaushalt und verteilt die Körperwärme, es schickt seine Antigene und Freßzellen den eindringenden Feinden entgegen, und es stellt mit den Blutplättchen auch den Baustoff, der selbsttätig die Wunden schließt, doch enthält es kein Nervengewebe und kann deshalb nicht leiden. Das Blut ist die Basis des höheren Lebens, aber strukturell ist es unterhalb der Schwelle angesiedelt, bei der in der Geschichte des Lebens Empfindung und Bewußtsein beginnen. Wir müssen tief in bewußtseinsferne Regionen des Körpers hinabsteigen, um an den Ursprung der Leukämie zu gelangen.

Tief innen, im beinernen Schutzpanzer der sogenannten

Stammknochen, die dem Körper seinen Halt geben, verbirgt sich ein Gewebe von phantastischer Produktivität, das sogenannte Rote Knochenmark. In Kindheit und Jugend füllt es auch noch die Hohlräume der großen Röhrenknochen, verfettet aber mit der Zeit und verwandelt sich in das Gelbe Knochenmark, ein Depot von Energie. Nur Wirbelsäule, Becken, Brustbein und Schädelknochen bergen die gallertartige rote Substanz – ungefähr 1.500 Gramm –, die die Blutfabrik des Körpers ist.

Im flüssigen Bestandteil des Blutes, dem sogenannten Plasma, das in seiner Zusammensetzung dem Meerwasser gleicht - denn das Leben stammt aus dem Meer –, schwimmen bei einem erwachsenen Menschen 25 Billionen rote Blutkörperchen, eine unvorstellbare Zahl. Sie leben durchschnittlich 120 Tage. Ihre Zerfallstoffe werden über Leber und Milz wieder abgebaut. Im gleichen Maße erzeugt das Rote Knochenmark mit seinen nahezu grenzenlos teilungsfähigen Stammzellen neue rote Blutkörperchen: 208 Milliarden an einem Tag oder 2,4 Millionen in jeder einzelnen Sekunde. Es ist eine lautlose, fortwährende Explosion des Lebens.

Anscheinend kann der Tod diese machtvolle rote Fontäne nicht unmittelbar zum Versiegen bringen, denn er greift sie auf einem Umweg an. Das Material, das er benutzt, sind die weißen Blutkörperchen, die vielfältige Aufgaben bei der Erkennung und Abwehr von schädlichen Eindringlingen und bei der Verdauung zu erfüllen haben und deshalb wesentlich größer und komplizierter als die roten sind. Eins von ihnen kommt auf achthundert rote, solange das Blut gesund ist. Und sie leben nur wenige Tage. Nicht zufällig beginnt der Tod, den wir Leukämie oder Weißblütigkeit nennen, seine zerstörerische Arbeit bei diesen am weitesten differenzierten Zellen des Blutes. Sie scheinen anfälliger zu sein, weil sie unwahrscheinlichere, riskiertere Gebilde sind. Denn der Tod ist der große Gleichmacher, der die komplizierten Gestalten des Lebens einebnet und auf primitivere Organisationsformen der Materie zurückführt. Alles, was sich hinauswagt, wird am Ende zurückgeholt. »Aus Erde bist du genommen, zur Erde sollst du wieder werden.« Was Hirn und Herz, Mund und Auge war, wird nicht mehr zu unterscheiden sein.

Auch die tödliche Krankheit Leukämie ist ein Gestaltverlust, und sie beginnt mit der Unheimlichkeit eines fortschreitenden Gedächtnisschwundes. Wodurch er ausgelöst wird, weiß man nicht. Die blutbildenden Zellen des Roten Knochenmarks können sich nur noch undeutlich und fehlerhaft an die Baupläne der weißen Blutkörperchen erinnern und stellen immer mehr unreife, funktionsunfähige Zellen her.

Natürlich sind auch früher schon unreife Zellen entstanden, aber verschwindend wenige im Vergleich zu denen, die ihre Aufgabe erfüllen konnten. Jetzt indessen überschwemmen immer mehr unbrauchbare weiße Zellen das Blut und lassen eine organische Notlage entstehen: Die Immunschranke beginnt sich aufzulösen, und lebensgefährliche Infekte drohen. Das Knochenmark antwortet auf diesen Alarmzustand, indem es auf Kosten der roten Blutkörperchen die Produktion der weißen erheblich zu steigern beginnt. Doch da es die Baupläne vergessen hat, kommt es nur zu einer Schwemme minderwertigen, unbrauchbaren Materials. Es ist eine sich aufschaukelnde Wechselwirkung von wachsender Not und falscher, hilfloser Antwort, und am absehbaren Ende des Prozesses wird die zusammensinkende rote Lebensfontäne wie unter einem dicken weißen Löschschlamm erstickt.

Man könnte auch an eine katastrophale Algenpest denken, die allmählich den ganzen Sauerstoffvorrat des Meeres verbraucht, bis alle Fische, Meerestiere und Pflanzen zu sterben beginnen. Der Wind kann nicht mehr genug Sauerstoff in das trübe Wasser mischen, und die an Land schwappenden Wellen häufen an den Stränden einen immer breiteren und höheren Wall eines klebrigen weißen Schaumes auf, dessen fauligen Geruch man bis weit ins Innenland riechen kann. Es ist wuchernd entgleistes Leben, das sich selbst tötet. Das war es, was im Körper meines Bruders jetzt geschah.

Ich las auch einiges über die üblichen Therapien mit hochgiftigen chemischen Stoffen, den sogenannten Zytostatika. Es waren Zellgifte mit schweren Nebenwirkungen; denn um die krebsig entarteten Blutzellen abzutöten, mußte man mehr oder minder den ganzen Organismus belasten. Man hoffte, sie durch die dreifache Wiederholung der Behandlung alle zu erwischen, bevor sie zu sprossen und zu wuchern begannen. Die phantastischste Hoffnung aber war die, daß nach erreichter, vollkommener Remission des Krebses das überlebende Knochenmark sich auf seine Aufgaben besinnen und wieder gesunde Blutzellen produzieren würde. Das schien mir nicht aussichtsreicher als das Verhalten eines Lehrers, der einem zunehmend verstörten Schüler nicht erklären kann, wie er seine Aufgaben machen soll, und sich darauf beschränkt, die falschen Ergebnisse immer wieder durchzustreichen.

Obwohl ich mich dagegen sträubte, schien mir die Übertragung des gesunden Knochenmarks eines nah verwandten Spenders einleuchtender zu sein. Sie hatte die Logik eines radikalen Gedankens. Um die Transplantation vorzubereiten, wurde durch eine Ganzkörperbestrahlung und eine begleitende Chemotherapie das ganze Knochenmark des Kranken abgetötet. Gleichzeitig wurde dem Spender in Vollnarkose durch vielfache Punktion das blutbildende Mark aus den Beckenknochen entnommen und nach einer weiteren Vorbehandlung dem Kranken intravenös eingespritzt. Der weltbekannte Tenor José Carreras war auf diese Weise von der akuten Leukämie geheilt worden.

Ich las das wieder mit Beklommenheit, obwohl unter den Voraussetzungen dieser Therapie notiert war: »Alter unter fünfzig Jahren. Im höheren Alter schlechtere Ergebnisse.« Aber war man, wenn es um Leben oder Tod ging, oder, wie die Ärzte das nannten, bei einer vitalen Indikation, nicht versucht, diese Grenzen zu überschreiten? Ich fürchtete es und versuchte, mich damit vertraut zu machen.

Im Grunde aber beunruhigte mich etwas anderes. Ich fühlte mich meinem Bruder körperlich zu nah, besonders seit ich wußte, daß wir dieselbe Blutgruppe hatten. Die Angst vor der Knochenmarkspende und ihren möglichen Folgen verdeckte nur diese andere Angst, die ich mir nicht eingestehen und erst recht nicht zugestehen wollte, weil sie mir als eine mythische Furcht erschien. Wir waren schließlich zwei Personen. Daß wir dieselbe Blutgruppe hatten, bewies gar nichts, außer eben, daß Menschen mit diesem Blut nicht gegen Leukämie gefeit waren. Vielleicht hatte ich das bisher unbewußt vorausgesetzt. Vor Jahren hatte ich einmal einen populärwissenschaftlichen Artikel gelesen, in dem behauptet wurde, Menschen mit der Blutgruppe Null hätten markant weniger Krebs als Menschen mit anderen Blutgruppen. Die Blutgruppe Null war sozusagen das Urblut, denn es konnte im Unterschied zu allen anderen Blutsorten jedem Menschen übertragen werden. Daraus hatte ich – oder war es der Artikelschreiber? – abgeleitet, daß es eine primitive und robuste Blutsorte sein müsse. Das war nun unleugbar und drastisch widerlegt.

Wenn so nahe und so unerwartet neben einem der Tod erscheint, brechen Schutzwehren zusammen, die bisher ungeprüft gehalten haben. Sachlich waren sie immer unhaltbar. Sie hatten aber die beruhigende Wirkung weitgefaßter Zusprüche und Versprechungen. Es war nicht mehr als ein begütigendes Gemurmel gewesen, das man in sich hören oder ahnen konnte: »Mach dir keine Sorgen. Es ist alles in Ordnung. Die Dinge stehen gut für dich.« Manchmal hatte diese imaginäre Stimme, die hinter dem Rücken der kritischen Vernunft ihre beruhigenden Einflüsterungen hervorbrachte, auch eine Reihe von scheinbaren Beweisen bereit. Jetzt, auf dem Heimweg, wenige Stunden nach dem Telefongespräch und nach der Lektüre der medizinischen Bücher, war ich ohne inneren Schutz, und ich glaubte, daß ich meinem Bruder dabei sehr nahe war.

Im Laufe des Abends rief ich in Wien an, um zu hören, wie der Tag verlaufen war. H.s ältester Sohn meldete sich, offenbar in heller Aufregung. Er erzählte mir, daß mein Bruder, nach einigen Stunden völliger Niedergeschlagenheit, sich am Nachmittag aufgerafft hatte, um zusammen mit H. in die Wohnung zu fahren und seine Anordnungen zu treffen. Danach war er in der Bank gewesen und anschließend beim Notar, wo er einige Zusätze zu seinem Testament gemacht hatte. Kaum war er wieder in der Wohnung, war er von Schüttelfrost und lebensbedrohlich hohem Fieber überfallen worden. Alle waren in Panik geraten. Gerade habe man ihn mit dem Krankenwagen in die Klinik gebracht.

Ich sah es undeutlich vor mir: den Krankenwagen, das

Blaulicht, die Träger mit der Bahre, er darauf ausgestreckt, gerüttelt vom Schüttelfrost. So wurde er weggetragen, nachdem er noch einmal versucht hatte, die Dinge in die Hand zu bekommen.

Ich bat um Nachricht, falls noch irgendeine Veränderung eintreten sollte, und legte auf. Jetzt, dachte ich, ist er entmachtet. Die Krankheit hat das Kommando übernommen, und die Medizin wird gegen die Krankheit kämpfen, über seinen Kopf hinweg.

Mir fiel ein, daß er mir heute morgen am Telefon gesagt hatte, wie man der Krankheit auf die Spur gekommen war. Er war zum Zahnarzt gegangen, weil er vermutet hatte, die Ursache seines schlechten Befindens sei ein vereiterter Zahn, der ringsum entzündet war. Die Untersuchung bestätigte den Verdacht nicht, löste aber eine heftige Blutung aus, die nur noch durch Ausbrennen der Wunde zu stillen war. Man hatte ihn gefragt, ob er Bluter sei. Er war empört weggegangen. In der Nacht hatte er nicht schlafen können, weil er trotz mehrerer Decken, die er auf sich häufte, nicht warm werden konnte. Am nächsten Morgen war er im Treppenhaus fast ohnmächtig zusammengebrochen, war aber trotzdem zu einer Sitzung in die Bank gefahren und hatte sie mit Aufbietung seiner ganzen Willenskraft hinter sich gebracht. Danach hatte er eine ihm von H. empfohlene Ärztin aufgesucht, die auf seinem Rücken die vielen Hämatome entdeckte. Auch sie fragte ihn zuerst, ob er Bluter sei, und plötzlich begriff er, daß dies, hätte er es nur bejahen können, die günstigere Deutung seiner Symptome gewesen wäre. Er war augenblicklich erstarrt. Die Ärztin hatte die Untersuchung abgebrochen und statt dessen mit einer Klinik wegen einer dringenden Blutuntersuchung telefoniert. Das war vor drei oder vier Tagen geschehen. Inzwischen kämpften die Ärzte auf einer Intensivstation um sein Leben.

Als sei ein undurchdringlicher schwarzer Vorhang zwischen uns niedergegangen, kam an diesem Abend kein Anruf mehr aus Wien. Ich, der hilflose Zuschauer des Geschehens, war nun ausgesperrt. Das Stück fand hinter dem Vorhang statt, ohne Zugang und Einblick für das Publikum. H. war vielleicht bei ihm oder sie saß in einem Warteraum, einer jener kargen, an einem langen Gang gelegenen Zellen, an deren Wänden für den Tagesbetrieb einige abgenutzte Stühle aufgereiht sind, und wartete auf einen Arzt, der ihr eine Auskunft über den Zustand des Kranken gab.

Um diese Zeit war es still im Krankenhaus. Die Notaufnahme war besetzt, und einige Schwestern und jüngere Ärzte machten Nachtdienst, hier und da wurde ein Kranker versorgt. Irgendwo in einem Zimmer, in dem ein gedämpftes Nachtlicht brannte, lag mein Bruder in einem Bett und blickte in die gleißenden Flammen seines hohen Fiebers. Vielleicht starb er heute nacht. Denn anscheinend hatte er sich am Tage völlig erschöpft, und der Fieberanstieg und die Anfälle von Schüttelfrost waren dramatisch gewesen. Aber die Untersuchungen hatten ergeben, daß ungeachtet seiner schweren Krankheit Herz, Lunge, Leber und Nieren noch völlig intakt waren. So würden die Ärzte wohl Zeit finden, das Fieber niederzukämpfen und seinen Gesamtzustand so weit zu festigen, daß sie mit ihren Therapien beginnen konnten. Ich wußte nicht, ob man das wünschen sollte.

Lange konnte ich nicht einschlafen in dieser Nacht, spürte

nur mehrmals, wie ich wegsank und wieder erwachte. Plötzlich befand ich mich in einem seltsam klaren und geordneten Traum. Es war, als ob ich ihn gleichzeitig träumte und verstand. Doch wie in den meisten Träumen gab es keine Ausflucht aus der Lage, in die mich der Traum hineinzwang. Er mußte erst seine schlimmste Möglichkeit erreichen.

Ich gehe durch eine lange, schnurgerade Pappelallee, gefolgt von meinem Bruder, der in ungefähr hundert Meter Abstand hinter mir herkommt. Rechts und links des Weges sind dichte, von Brennnesseln gesäumte Gebüsche, dunkel, sumpfig und undurchsichtig. Es ist die Landschaft der Erftniederung, in der wir als Kinder Indianer spielten. Auch damals hat er sich oft an mich gehängt, und ich habe versucht, ihn abzuschütteln, weil er mir lästig war. Jetzt sind wir erwachsene Männer, und ich frage mich, was wir hier zu suchen haben. Verfolgt er mich? Wie lange geht er schon hinter mir her? Ich muß vermeiden, mich nach ihm umzublicken, denn so kann ich vorgeben, ihn nicht gesehen zu haben, und unauffällig ein wenig schneller gehen, um den Abstand zu vergrößern. Ich will nicht, daß er mich einholt. Er soll auch nicht sehen, daß ich vor ihm fliehe. Ich gehe jetzt sehr schnell. Er ist mir wieder ein großes Stück näher gekommen, obwohl er seinen Schritt nicht geändert hat. Ohne mich umzudrehen, weiß ich, wie er mich verfolgt: aufgerichtet, mit langsamen, ausgreifenden Schritten und einer steifen Würde. Stumm und unbeirrbar bleibt er hinter mir, eine düstere, starre Gestalt. Kaum noch dreißig Schritte trennen uns. Ein Seitenweg! Ich laufe hinein und renne mit aller Kraft weiter, um an der nächsten Ecke aus seinem Blick zu verschwinden. Als ich dort bin, ist er mir noch näher gekommen. Mir bleibt kein Ausweg mehr. Ich muß in das Gebüsch, mich verstecken, damit er mich nicht findet. Aber da kommt er schon wieder. Groß und schwarz bricht er durch die Zweige, tritt alles nieder, um mich zu erreichen. Und jetzt weiß ich, daß ich ihn töten muß.

Ich fuhr entsetzt aus diesem Traum hoch, hatte gerade noch als etwas Dunkles, Schweres die Waffe in der Hand gespürt, mit der ich ihn erschießen wollte, nicht sicher, ob es mir gelingen konnte, ihn aufzuhalten. Die hochschnellende Panik hatte mich aus der Situation gerissen.

Der Traum hatte mich so angestrengt, als wäre ich wirklich vor einem Verfolger davongelaufen, und da ich ihm nicht entkommen war, dauerte der Schreck im Erwachen an. Ich setzte mich auf, unschlüssig, was ich tun sollte. Auf keinen Fall wollte ich in den Traum zurücksinken, indem ich mich wieder hinlegte und die Augen schloß. Der Schrecken bebte noch in mir. Oder kam das von der Kälte, die in der Wohnung herrschte? Die Heizung war heruntergedreht, und durch das geöffnete Fenster drang die Nachtluft herein. Zusammengekrümmt ging ich ins Bad, um mich notdürftig anzuziehen und dann im Wohnzimmer in einen Sessel zu setzen. Von der Straßenbeleuchtung fiel genug Licht herein, daß ich die vertrauten Gegenstände um mich herum in ihren Umrissen erkennen konnte. Es erschien mir unerlaubt, eine Lampe oder das helle Deckenlicht einzuschalten. Es hätte meine Verbindung zu dem Traum zerrissen, in dessen Nähe ich noch bleiben wollte. Sein verdunkelter Kern sandte Impulse aus, Wellenschläge, die durch mich hindurchgingen.

Der Traum hatte mir meine Angst vorm Sterben gezeigt. Im Traum war mein Bruder der Tod gewesen, der unergründliche, nicht abzuschüttelnde Verfolger, der uns immer näher kommt. Aber er war auch mein Bruder. Er forderte etwas von mir, und ich, immer auswegloser von ihm bedrängt, war bereit gewesen, seinen Tod in Kauf zu nehmen, damit er mir nicht unentrinnbar nahe kam. Im Traum hatte ich meine Unterscheidung von ihm verteidigt, hatte mich entsetzt, aber ohne Einschränkung, zum Vorrang meines eigenen Lebens bekannt. Bei Licht besehen gab es diese engen Zusammenhänge nicht. Wir waren zwei verschiedene Menschen, eingeschlossen in unsere eigenen Körper und auf unterschiedlichen Lebenswegen. Bei Licht besehen hatte es nur ihn getroffen. Aber daß Glück und Unglück so zufällig verteilt waren und so dicht aneinandergrenzten, war ein anderer Schrecken, wie ein anhaltendes, leises Beben unter den Füßen. Die Welt des Zufalls war keine geheuere Welt. Doch es war eher noch schrecklicher, anzunehmen, daß alles einen verborgenen Sinn hatte. Dann wurde das Unglück auch noch zur Schuld. In Wien, das sah ich voraus, mußte ich einem Blick standhalten, der nicht aufhörte, mich zu fragen, warum er, der jüngere von uns beiden, wahrscheinlich bald sterben müsse, während ich weiterlebte.

Erster Krankenbesuch

Der Ostende-Wien-Expreß fuhr um 21. 24 Uhr in Köln ab, zu früh, um zu schlafen, und so blieb ich noch bis kurz vor Mainz im Speisewagen sitzen und sah, ohne recht hinzublicken, die Lichter des Rheintals und ihren Widerschein im Fluß in der Dunkelheit vorbeiziehen. Wie ein undeutliches Wasserzeichen, das der Landschaft aufgeprägt schien, erkannte ich auf der Scheibe mein Spiegelbild. Es war das nebelhafte Gesicht eines Mannes, der zehn oder zwanzig Jahre älter aussah und wie aus der Zukunft zu mir herüberblickte.

Den ganzen Tag war ich in einer seltsamen, zwielichtigen Stimmung gewesen, einem Schwebezustand zwischen einem nachklingenden Hochgefühl und einer bangen Erwartung. Am Abend zuvor war mir in einer festlichen Veranstaltung im Kölner Rathaus der Heinrich-Böll-Preis verliehen worden, und schon morgen würde ich in Wien am Krankenbett meines Bruders sitzen. Es gab keinen Zusammenhang zwischen diesen Ereignissen, doch ich konnte das eine ohne das andere nicht mehr denken.

Zwei Tage vor der Preisverleihung hatte ich, aufgestört durch die Nachrichten aus Wien, mir den Text meiner Dankesrede noch einmal vorgenommen und einige Passagen erweitert oder hinzugefügt, die Anklänge an jenes lange zurückliegende nächtliche Telefongespräch mit meinem Bruder enthielten, in dem er mich mit der ganzen Herausforderung eines mit sich und der Welt zerfallenen Menschen gefragt hatte, ob ich ihm vielleicht sagen könne, was das ganze Scheißleben überhaupt solle. Ich hatte geantwortet, das Leben selbst sei der Sinn, und jeder müsse versuchen, mit den zufälligen Gegebenheiten seines Daseins ein gutes Spiel zu machen. Was das aber sei, müsse man selbst herausfinden. Wir waren danach nie mehr darauf zurückgekommen, aber die Nachricht von seiner schweren Krankheit hatte die Frage verschärft und ihr in meinen Ohren einen anklagenden Unterton gegeben, den geisterhaften Nachhall eines mühsam unterdrückten, nicht ausgesprochenen Gedankens: Warum ich? Warum nicht du? Warum wieder ich? – Ich fühlte, daß ich darauf antworten mußte, obwohl er meine Antwort nicht hören würde. Ich schrieb sie in meine Rede als eine grundsätzliche Antwort auf eine grundsätzliche Frage, die zugleich Auskunft darüber geben sollte, was der Hintergrund meines Schreibens sei.

Ich sprach erst über andere Themen, aber in der Mitte meiner Rede kam ich auf den kritischen Punkt: die Ungleichheit der Lebenslose und die Herausforderung, die darin lag. Ich begann davon zu sprechen, daß jedem menschlichen Leben in seinem Ursprung und in seinen besonderen Umständen etwas fundamental Zufälliges anhafte. Genausogut hätte es gar nicht stattfinden oder anders verlaufen können. Diese Erfahrung sei bei mir verschärft worden durch den Krieg, den ich mehrfach nur zufällig überlebt hatte, ohne daran irgendeinen Anteil von persönlichem Verdienst zu haben. Nein, es gab keinen einklagbaren Anspruch auf lebenslange Unversehrtheit, Gelingen und Glück. Das Leben war nicht auf Gleichheit und Gerechtigkeit angelegt, sondern auf eine unübersehbare Vielfalt immer neuer Lebensversuche, und die Willkür des Zufalls schuf dazu die Voraussetzungen. Er teilte jedem Spieler unterschiedliche Karten zu, und jeder mußte versuchen, damit sein Spiel zu machen und dem Chaos eine Ordnung, eine eigene Logik zu geben. So schützte der Zufall das Leben gegen die Gefahr seiner Berechenbarkeit und hielt die Zukunft offen als ein Feld unterschiedlicher Möglichkeiten.

Es war, wie gesagt, eine Verteidigungsrede. Denn sie beharrte auf der prinzipiellen Unschuld zufallsgeschaffener Unterschiede. Doch war das erst der halbe Gedanke. Er bedurfte der psychologischen Ergänzung, daß es ein einheitliches Maß für Gelingen und Glück nicht gab. Es gab viele Wege und vielerlei Wahrheiten, und wenn man auch der Auffassung sein konnte, daß es sich oft nur um verschiedene Illusionen und abwegige Ideen handelte – auch sie waren Farben in dem großen zitternden Pfauenrad, das das Leben schlug. Die individuelle Glückssuche mit all ihren Selbsttäuschungen und Verranntheiten und der Kampf um einen Platz in der Welt waren immer das Thema meiner Bücher gewesen. Und das war auch das Reizklima, von dem ich mich umgeben fühlte. Ich schrieb:

»Seit jeher hat das meine Phantasie erregt. Wenn ich inmitten fremder Menschen durch die Stadt gehe, denke ich oft, daß sie alle Mitspieler in dem großen Experiment ›Leben‹ sind. Jeder ist ein neuer, unwiederholbarer Versuch, zurechtzukommen mit den Umständen und Bedingungen, in denen er sich vorfindet. Gerade weil es unvermeidbar ist, daß man sich im Gewimmel der Straßen und Kaufhäuser und im Gedränge der Verkehrsmittel auf schnappschußartige Wahrnehmungen beschränkt, baut sich hinter dem Geflirre der vielen flüchtigen Eindrücke ein Geheimnis auf. Wer sind diese Menschen? Was tun sie? Wovon träumen sie? Wie leben sie? Und wie sterben sie? So groß die Unterschiede zwischen den Menschen auch sind, es gibt nach meiner Überzeugung kein gleichgültiges, belangloses Leben, keines, in dem nicht etwas zu finden wäre, was auch für mich und für andere gut wäre zu wissen.«

Während der ganzen Zeit, in der ich sprach, wußte ich, daß es außer den Menschen, die hier im Saal saßen und mir zuhörten, noch einen anderen, unsichtbaren Adressaten meiner Rede gab: meinen sterbenskranken Bruder, der alles, was ich hier vortrug, vermutlich auch gedacht und durch das wilde Auf und Ab seines Lebens repräsentiert hatte und der nun nur noch um sein Überleben kämpfte. Das warf ein grelles Unglückslicht auf die vom Zufall durchmischte Welt, die ich geschildert hatte. Und doch konnte ich mir eine andere Welt, aus der die Vielfalt der unterschiedlichen Lebensgeschichten und die Spannung von Glück und Unglück verschwunden sein würde, weder vorstellen noch wünschen.

Seit der Zug die Kölner Bahnhofshalle verlassen hatte und auf der wohlbekannten Strecke nach Süden durch die Dunkelheit rollte, hatte ich mich in dem Gedanken eingerichtet, die zehneinhalb Stunden Bahnfahrt, die mir bevorstanden, seien eine Pause in meinem Leben, in der es allein der Zeit überlassen blieb, die inneren Gewichte zu verschieben und neu gegeneinander abzuwägen.

Ich saß allein an einem kleinen Zweiertisch in dem fast leeren Speisewagen, in dem ein Kellner und eine Kellnerin abwechselnd einem der wenigen Gäste mit schläfriger Langsamkeit ein Bier oder ein Glas Tee servierten, um sich danach wieder an einen Tisch beim Wageneingang zur Tagesabrechnung zurückzuziehen. Der Waggon wiegte sich sanft auf seinem Fahrwerk und dem nahtlosen Schienenstrang, und dicht am Fenster schossen ab und zu einige

Lichter vorbei. Alles war gleich weit von mir entfernt: die lange erwartete Feier im Rathaus, nun auf einmal schon Vergangenheit, und der morgige Tag und die folgende Woche in Wien, noch nicht richtig vorstellbar. Ich saß hier – so kam es mir vor – wie ein Schauspieler, der zwischen zwei Auftritten auf den Umbau der Szenerie wartet. Irgendwann wird das Klingelzeichen ertönen, das ihn auf die Bühne ruft. Dazwischen liegen diese Wartezeiten, in denen man niemand Bestimmtes sein muß, nicht der Darsteller einer Rolle, auch nicht, in einem anspruchsvollen Sinne, man selbst. Man muß sich nicht vorbereiten, braucht nicht einmal zu warten. Es genügt, da zu sein, erreichbar durch das Klingelzeichen, wenn das Stück oder die Probe weitergeht.

Die Nacht verging mit schnell wechselnden Halbträumen, unterbrochen vom Halten und Anfahren des Zuges, den Lautsprecherdurchsagen auf den Bahnhöfen, nahem und fernem Türenschlagen und den Pfiffen der Fahrdienstleiter, nach denen sich der Zug wieder in Bewegung setzte. Leute mit schwerem Gepäck schoben sich durch den Gang und stießen gegen die Abteiltür. Ihre Stimmen entfernten sich. Wenn der Zug fuhr, bekam die dunkle, enge Kabine mit den drei übereinander angebrachten Betten etwas Gruftartiges, und das kleine Nachtlicht am Kopfende, das ich manchmal anschaltete, erinnerte mich an eine Grablampe. Das bedrückte mich nicht. Es war eher eine märchenhafte Stimmung, eine Phantasie des Übergangs, in der ich mich geborgen fühlte. Einmal schob ich beim Fußende den Vorhang ein Stück beiseite und sah draußen nichts als schwarze Nacht. Dann wurde ich wieder wach, weil der Zug stand, und als ich mich aufsetzte, um wieder hinauszuschauen, überraschte mich die helle Leere der hintereinander gestaffelten Bahnsteige des Nürnberger Hauptbahnhofes. Es war kurz vor drei, wie ich auf der Bahnhofsuhr sah, und es hätte mich nicht gewundert, wenn dies der Endpunkt der Reise gewesen wäre. Ein völliger Stillstand schien erreicht, ein Patt aller Beweggründe, das auch das technische Gerät in Bann schlug. Ein älterer Bahnbeamter, eine dunkle Ledertasche unter dem Arm, kam aus der Richtung der Lok und stieg die Treppe in die Unterführung hinab, wo er verschwand. Auf einem Nachbarbahnsteig saß eine einsame Frau auf einer Bank. Aus der Entfernung sah sie wie eine Puppe aus, eine Attrappe zur Vortäuschung von Leben. Dann fuhren wir wieder, vermutlich fahrplanmäßig, und ich streckte mich auf meinem Lager aus. Ich wollte versuchen, wieder einzuschlafen, um dem kommenden Tag gewachsen zu sein. Andererseits wollte ich diese Nachtfahrt nicht versäumen und ruhig liegend in den Schwingungen und Fahrgeräuschen mir meiner selbst und meines Lebens bewußt sein.

Ich dachte an unsere Kindheit in der kleinen Kreisstadt am Niederrhein, an das Elternhaus, das trotz Bombenschäden immer noch stand, aber jetzt anderen Leuten gehörte. Einen Augenblick lang beschäftigte mich die Erinnerung daran, wie ich mit meinem Bruder und einem Freund auf dem schmalen abschüssigen Weg zwischen der Hauswand und dem Zaun zum Nachbargrundstück Fußball gespielt hatte, und ausgehend von dieser Szene, bewegte ich mich als ein zurückgekehrter Besucher durch andere Winkel des sommerlichen Gartens, sah sie vor mir entstehen und aufblühen, und ging dann durch alle Räume des Hauses, die ich im einzelnen wiedererkannte, mit einem tiefen, mich fast bis zu Tränen rührenden Glücksgefühl.

Was war es gewesen? Welches Geheimnis haftete diesen

Orten an? Ich ging den um zwei Ecken gewendeten Treppenlauf zu meinem Zimmer hoch. Er war in drei Teilstücke gegliedert, unterbrochen von Podesten, und führte an einem hohen, schmalen Fenster mit gehämmertem Glas vorbei, durch das verschwommen das rötliche Ziegelmauerwerk des Nachbarhauses zu sehen war. Diese Form umfing mich. Ich könnte auch jetzt noch mit geschlossenen Augen diese Treppe gehen. Unter meinen Füßen war das bewußtlos Gewisse gewesen. Ich kann es nicht anders benennen. Das Innere hielt das Außen in seiner schützenden Nähe und ließ es zu, immer weiter hinauszugehen. Todlosigkeit endloser Tage und Jahre, nicht immer ohne Schrecken. Die unterschiedlich gestimmten Räume des Hauses, der Garten, die Straße, die kurz hinter unserem Grundstück endete. Formen einer Gegenwart, in deren Schutz sich die unaufhaltsamen Veränderungen von Kindheit und Jugend vollzogen. Ich stand am Fenster meines Zimmers zu allen Jahreszeiten und sah hinüber zu den Baumkronen von Ackermanns Park, der hinter einem hohen bemoosten Bretterzaun an unseren Garten grenzte. Schauen, als versänke man in der sommerlichen Laubstille, dem herbstlichen Wehen und Blätterfall, dem Schneetreiben zwischen den kahlen, schwarzen Ästen. Selbstvergessen überfüllt von Bildern und stummen Winken, bis ich durch einen sanften Stoß von innen her aus meinem Halbschlaf erwachte. Manchmal kletterte ich über den Zaun und lief quer durch den fremden Park, stieg auf der anderen Seite in das Gelände einer stillgelegten Maschinenfabrik, durchstreifte die Hallen mit den eingeschlagenen Fenstern, in denen wüste Haufen von rostendem Schrott lagen. Später kam mein Bruder bei diesen Streifzügen mit. Ich verlor allmählich schon das Interesse daran. Er war der einzige

Mitinhaber dieser Erinnerungen. Das gleiche oder ähnliche Kindheitsgeheimnis mußte auch in ihm überleben. Seltsamerweise hatten wir nie darüber gesprochen. Es war wohl auch nicht mitteilbar.

War ich doch wieder eingeschlafen? Ich wußte jedenfalls, daß ich fuhr. Wenn auch die riesenhafte Stahlmasse des Zuges, die mich umgab und fortriß, vorübergehend eine starre, dröhnende Enge war. Es konnte auch ein Graben sein oder ein Kellerraum. In vielen meiner Träume kehrte der Krieg wieder, obwohl er viele Jahrzehnte vorbei war. Der Krieg war die Zeit, die mein Leben in ein Vorher und Nachher teilte. In den letzten beiden Kriegsjahren, als unsere Mutter gestorben war, hatte auch das Verhängnis begonnen, das über dem Leben meines Bruders lag. Seitdem kämpfte er um einen Platz im Leben, um bald wieder alles zu zerstören, was er sich mühsam geschaffen hatte.

Kurz vor Linz kam der Schaffner und weckte den Mann, der in dem Bett über mir schlief. Er stieg im Dunklen die Leiter herunter und verließ mit seinem Waschzeug das Abteil, kam nach kurzer Zeit zurück, um sich im Dunklen anzuziehen. Es schien ein erfahrener, robuster Reisender zu sein, einer, der nur wenige Stunden Schlaf brauchte, um unverdrossen seinen Lebenskampf wieder aufzunehmen. Es gelang mir nicht, wieder einzuschlafen, nachdem er gegangen war. Auch meine Erinnerungen fand ich nicht wieder. Der kommende Tag machte seinen Anspruch geltend, und nach einiger Zeit stand ich auch auf, um mich in ein leeres Abteil zu setzen und nach draußen zu blicken, wo sich inzwischen die Fenster der Häuser erleuchteten und immer mehr Autoscheinwerfer durch das nasse, neblige Dunkel fingerten. St. Pölten zog vorbei. Dann die westlichen Vorstädte von Wien.

Ich fühlte mich unausgeschlafen und ein wenig steif, als ich ausstieg und im Strom der Reisenden auf den Kopfbahnsteig und die Bahnhofshalle zuging. Von ferne kam mir H. mit einem kleinen Gepäckkarren entgegen. Ich erkannte sie gleich an ihrem raschen, nervösen Schritt. Sie schien in letzter Minute gekommen zu sein, als sei sie von etwas aufgehalten worden. War sie schon im Krankenhaus gewesen? Brachte sie schlechte Nachrichten mit?

Wir umarmten uns zur Begrüßung. Ich stellte mein Gepäck auf den Karren, und während wir nebeneinander hergingen, fragte sie mich, ob ich eine gute Reise gehabt habe. Diese Frage, die an diesem Ort immer wieder gestellt wurde, kam mir jetzt wie die stillschweigende Vereinbarung vor, alles solle unter allen Umständen wie immer weitergehen. Auch das nächste, was sie sagte, hatte diesen unbeabsichtigten, täuschenden Beiklang harmloser Heiterkeit: »Walter freut sich schon auf dich.« Es hörte sich an, als träfen wir uns zu einem Urlaubsvergnügen.

Wir frühstückten im Wartesaal und fuhren dann zunächst in das kleine Büroapartment meines Bruders, in dem ich während meines Besuches wohnen sollte. H. berichtete, daß der Beginn der ersten Chemotherapie erneut verschoben worden sei, weil es noch nicht gelungen war, die wiederkehrenden Fieberanfälle zu unterdrücken und den Zustand des Kranken zu stabilisieren. Sie setzte große Hoffnungen auf die erfahrenen Ärzte des Allgemeinen Krankenhauses, aber auch auf alle Ratschläge, die sie von Freunden und Bekannten bekam.

Die Abteilung des Allgemeinen Krankenhauses in Wien, in der die Leukämiekranken behandelt wurden, war in einem Gebäude aus der zweiten Hälfte des 18. Jahrhunderts untergebracht. Von der Straße aus, wo die Taxis warteten, stieg das Gelände in einer sanften Steigung an. Hinter einem Riegel älterer Gebäude und den Bäumen, die sie umgaben, konnte man die entrückten Phantome riesiger Klinikneubauten in moderner Montagebauweise sehen, die wegen eines Bauskandals noch nicht bezugsfertig waren. Ich blickte zuerst dorthin, als ich das Gelände betrat, und war dann überrascht, daß der niedrige josefinische Bau, der gleich links meinen Weg säumte, das Haus war, in dem mein Bruder lag.

Meine Beklommenheit wuchs, als ich die Schilder der im Haus untergebrachten medizinischen Abteilungen und die Namen der leitenden Chefärzte las, die das Haus zu einem bedrohlichen Bereich erklärten, nicht anders, als hätte dort ein Warnschild gehangen mit der Aufschrift »Lebensgefahr«. Ich trat durch einen Windfang ein, und sofort schlug mir stark überhitzte, mulmige Luft voll undefinierbarer Krankenhausgerüche entgegen, und nachdem ich eine weitere Schwingtür durchschritten hatte, befand ich mich in der Station. Es war ein langer, einen rechten Winkel bildender Gang, in dem das elektrische Licht brannte. Zu beiden Seiten reihten sich die Türen der Krankenzimmer und Krankensäle und der Funktionsräume, wie Waschraum und Toiletten, Schwesternzimmer und Vorratsraum für medizinisches Material.

Ich sah die ersten Leukämiekranken. Geführt von ihren Angehörigen, schlurften sie in Bademänteln und Pantoffeln an mir vorbei oder saßen mit ihrem Besuch still und erloschen auf einer der Bänke. Ich weiß nicht, was mich am meisten erschreckte: ihre kahlen Köpfe, die blutlose Weißhäutigkeit ihrer Gesichter oder die Mattigkeit ihrer Bewegungen – alles zusammen ließ sie mir wie unterirdische Gefangene erscheinen, die schon lange dem Tageslicht entwöhnt waren. Während die Pfleger, Krankenschwestern und Ärzte im Rhythmus ihrer Dienststunden kamen und gingen, waren sie immer hier und bildeten die Population dieses düsteren Hauses, seltsam hüllenhaft wirkende Wesen, menschliche Todesgefäße, in denen der Kampf zwischen den Krebszellen und den zytostatischen Giften tobte, der ihnen ihren Körper schon enteignet hatte. Eine stumpfe Trauer umgab sie wie ein kranker Geruch, Windstille der Hoffnungslosigkeit, ständiges inneres Zurückweichen vor dem fremd gewordenen Körper, ohne einen anderen Ausweg als in dieses halbe Nichtsein.

In den folgenden Tagen sah ich sie immer wieder, wie sie blicklos an mir vorbeischlichen, während ich vor dem Krankenzimmer meines Bruders wartete, weil ein Arzt zur Untersuchung da war oder irgend etwas gerichtet wurde. Die Patienten, die ich im Gang sah, wurden wohl zur Zeit nicht chemotherapeutisch behandelt und konnten selbständig zur Toilette oder in den Waschraum gehen, oder schlurften in ihren Hausschuhen einige Male hin und her über den Terrazzoboden, bevor sie aus Schwäche wieder in ihr Bett zurückkehrten. Sie hatten einen kleinen Ausflug in die Welt gemacht, die für sie von der Schwingtür beim Eingang in die Station bis zu der kleinen Küche reichte, in der die Schwesternschülerinnen die Tabletts für den Nachmittagstee vorbereiteten und auf die Rollwagen stellten. Vielleicht hatte sie das ein wenig abgelenkt. Sie hatten gesehen, daß sie sich noch in einer Welt befanden, in der es einen geordneten Alltag gab.

Ich habe das Krankenzimmer, in dem mein Bruder lag, beim ersten Mal so vorsichtig betreten, als dränge ich in verbotenes Gelände ein. Das Zimmer war ein schlauchartiger, etwa vier Meter hoher Raum, an dessen einer Längswand zwei Krankenbetten hintereinander standen, wie zwei auf einem Gleis abgestellte Waggons. Daneben blieb kaum Platz für zwei Besucherstühle, einen einfachen Spind für die Mäntel der Besucher und die Bademäntel der beiden Kranken, und ein kleines Waschbecken, auf dessen Ablage eine blaue Handwaschlauge und das Desinfektionsmittel standen, mit denen jeder Besucher beim Eintritt ins Zimmer erst einmal seine Hände reinigen und keimfrei machen mußte.

In dem engen Raum war es noch wärmer und stickiger als auf dem Gang. Das bis zur halben Höhe undurchsichtig verglaste Doppelfenster an der schmalen Rückfront durfte in Anwesenheit der Patienten nie geöffnet werden, damit es keinen Zug gab. Leukämiekranke sind extrem anfällig für Infekte, denn der Krebs hat mit den weißen Blutkörperchen ihr körpereigenes Abwehrsystem angegriffen und fast völlig außer Kraft gesetzt. Jeder, der Viren und Bakterien ins Zimmer trägt, kann den Kranken den Tod bringen. Das alles weiß der Besucher, und das hemmt ihn oder schüchtert ihn ein. Er versucht, sich unbefangen zu geben, aber er fürchtet, etwas falsch zu machen. Von vorneherein kommt er sich schuldig vor.

Als ich eintrat, saß am Bett meines Bruders im hinteren Teil des Zimmers eine junge Ärztin und machte irgend etwas an seinem Unterarm. Er sah ihr dabei zu, und ihre Köpfe waren dicht beieinander, als flüsterten sie. Im vorderen Bett, gleich neben der Tür, lag ein bleicher, kahlköpfiger junger Mann, der eine Infusion bekam. Er hatte sich zur Seite gedreht und starrte die Wand an. Mein Bruder blickte bei meinem Eintritt auf, und in seinem besorgten

Gesicht leuchtete Freude auf. Aber es war seltsam zu sehen, daß das Lächeln nicht durchdringen konnte. Es bahnte sich einen Weg durch das von Qual und Spannung gezeichnete Gesicht und schob wie eine schwere Last die Stirnfalten hoch und blieb stecken – ein lächelndes, besorgtes Leiden.

Ich wollte auf ihn zugehen, wurde aber angehalten, zuerst meinen Mantel in den Schrank zu hängen und dann meine Hände zu waschen und zu desinfizieren. Dann trat ich näher, und er stellte mich der Ärztin vor. Es war eine dunkelhaarige, scheue und wortkarge junge Frau, die er offenbar sehr mochte und umwarb. Sie konnte darauf nicht persönlich reagieren, aber ich sah in den nächsten Tagen, daß sie sich auf stille und unauffällige Weise besonders um ihn kümmerte. Frauen hatte er immer für sich gewinnen können. Sie hatte ihm die Dauerkanüle in der Vene des Unterarms neu befestigt, aus der ihm täglich mehrmals Blut entnommen wurde. Noch immer flammte nachmittags oder abends das Fieber auf, das die im Körper rumorenden Infekte anzeigte. Der Beginn der Chemotherapie war deshalb von Tag zu Tag verschoben worden. Morgen wollte man endgültig damit beginnen, um nicht den letzten möglichen Zeitpunkt zu verpassen.

Es fiel mir schwer, den Zustand meines Bruders einzuschätzen, weil er sich von den weißhäutigen, kahlköpfigen Bewohnern der Station noch deutlich unterschied. Er war von der Krankheit gezeichnet, noch nicht von den Zytostatika. Der junge Mann im Bett an der Tür sah viel schlimmer aus, war aber anscheinend besser dran. Er hatte die Behandlung, die meinem Bruder bevorstand, vor einem Jahr überstanden und war hier zu einer Erhaltungstherapie. Danach durfte er, wenn auch nur vorläufig, nach Hause. Er war so dünn, blaß und elend, daß ich nicht glauben konnte, er würde je wieder gesund werden.

Für meinen Bruder aber war er ein Hoffnungsträger. Die beiden bildeten eine Notgemeinschaft, in der mein Bruder den jungen Mann und dessen Freundin, die jeden Tag für einige Stunden ins Krankenhaus kam, freundschaftlich, väterlich patronisierte. Manchmal verfiel er dabei in den rauhen, markigen Ton, den er früher, wenn er in leutseliger Stimmung war, gegenüber seinen Angestellten angeschlagen hatte, und mir schien, daß er aus diesem vertrauten Tonfall Mut schöpfte. Der Student antwortete leiser, stiller, wie jemand, der schon lange Zeit im Schatten von Erfahrungen lebte, die sein Gesprächspartner und älterer Freund noch machen mußte. Verbarg er die Krankheit in sich oder war er in sie aufgegangen? Zu mir sagte er einmal, als ich ihn auf dem Gang traf: »Der Dreck kommt ja immer wieder.« Er sah nicht so aus wie jemand, der an seine Rettung glaubte. Aber dies sagte er nur mir. Ich habe nie gehört, daß dieser junge, tief nachdenkliche Mensch in Anwesenheit meines Bruders, der mit seinem ganzen Lebenswillen auf seine Chance hoffte, eine so pessimistische Äußerung tat.

Ich hatte mir keine richtige Vorstellung davon gemacht, wie schwer es ist, mit einem Todkranken zu sprechen, der unbedingt leben will. Und ich weiß nicht, ob es so schwer wurde, weil ich anfangs einen fürchterlichen Fehler machte, oder ob auch schon dieser Fehler ein Ausdruck der psychologischen Schwierigkeiten war, die unsere Gespräche einschränkten und verzerrten.

Die Ärztin war gegangen, unsere Begrüßung hatte stattgefunden – eine vorsichtige Umarmung ohne jeden Druck, weil sich bei jeder festeren Berührung sofort Hämatome bildeten –, und nun saß ich auf einem Stuhl neben seinem Bett und rettete mich zunächst in Formeln hinein: Grüße waren zu bestellen, nach dem Therapieverlauf war zu fragen und nach der Pflege und Versorgung hier auf der Station. Aber dann war er an der Reihe, und er wandte sich sofort ab von dem Alltag der Station und seiner Krankheit und fragte mich nach der Preisverleihung im Kölner Rathaus, zu der er ursprünglich hatte kommen wollen und die ihm auch jetzt wie ein Phantom des Lebens vor Augen zu stehen schien. Jedenfalls fragte er mich mit einer geradezu manischen Wißbegierde nach allen Einzelheiten: wieviele Menschen gekommen waren, ob Fernsehen und Presse dabeigewesen seien, wer die Reden gehalten habe, was für Musik gespielt wurde, und vor allem sollte ich ihm von meiner Rede erzählen und von der Reaktion des Publikums.

Ich ging zunächst nur zögernd auf seine Fragen ein, weil es mir nicht geheuer erschien, an dieser Elendsstätte einem todkranken Menschen von einer solchen Feier zu erzählen. Aber sein Interesse täuschte mich, so daß ich mir einzubilden begann, er wolle durch meine Schilderungen in seiner Phantasie an der Feier teilnehmen, zu der er so gerne gekommen wäre, und so begann ich ausführlicher zu erzählen, schilderte die große, hell erleuchtete, mit Menschen gefüllte Halle des Rathauses, in der die jährliche Preisverleihung stattzufinden pflegte, erwähnte wegen seines Unterhaltungswertes das eine oder andere Detail, wie die Amtskette des Oberbürgermeisters, das Goldene Buch der Stadt und den besonders dicken Füllfederhalter, mit dem man sich eintragen mußte, und dies alles wäre wohl unproblematisch gewesen, wenn ich nicht zum Schluß durch ein einziges abgeschmacktes Adjektiv, das mir, ich weiß nicht weshalb, über die Lippen kam, das labile innere Gleichgewicht des Kranken zerstört hätte. Ich sagte, als er wissen wollte, wie man meine Rede aufgenommen habe: »Ich habe rauschenden Beifall bekommen.«

Konnte ich es nicht verschweigen? Habe ich ihm etwa imponieren wollen? Ich weiß es nicht mehr. Auf jeden Fall wollte ich nicht lange darüber reden und suchte nach einer kurzen Formulierung, um den Sachverhalt mit einem Satz zu erledigen. Es wäre richtig gewesen zu sagen: »Ich habe viel Beifall bekommen.« Aber ich sagte es mit diesem peinlichen Adjektiv, in dessen abgedroschener Formelhaftigkeit, obwohl ich es beiläufig herausbrachte, ein unangenehmer Triumph mitschwang. Ich ahnte allerdings nicht, welche Wirkung ich damit auslöste.

Ich sah es zunächst an seinen Augen. Sie weiteten sich und starrten mich an, als hätte ich ihm eine Unglücksbotschaft überbracht, an die er nicht glauben wollte.

»Ja?« stieß er hervor. »Ja«, wiederholte ich leichthin, in einem letzten Versuch, die Sache abzutun. Aber da sah ich mit der eigenartigen Langsamkeit und Schärfe, mit der man ein nicht mehr abzuwendendes Unglück wahrnimmt, das im nächsten Moment hereinbrechen wird, wie sein Gesicht um den Mund herum zu zittern begann. Sekundenlang kämpfte er noch um seine Selbstbeherrschung, dann gab er auf und warf sich herum, um sein aufgelöstes Gesicht vor mir im Kissen zu verbergen. Ich sah natürlich alles, konnte weder wegblicken noch aus dem Zimmer gehen. Vor meinen Augen wurde er von einem trockenen Schluchzen geschüttelt und keuchte und schnappte nach Luft, als habe man ihn in eisiges Wasser getaucht. Während er am ganzen Leibe bebte, beugte ich mich über ihn und legte behutsam meine Hände auf ihn. Ohne zu wissen, was ich sagen sollte, stammelte ich einige beruhigende Worte, aber so leise, daß er mich kaum verstand.

Noch nie hatte ich einen solchen Zusammenbruch erlebt, ein solches Eingeständnis einer völligen, endgültigen Niederlage. Wie ein Pfiff fuhr es mir durch den Kopf, daß ich eine Urszene sah: Vor mir lag ein erschlagener Mensch und biß ins Gras. Ich war der dunkle Schatten des anderen, der über ihm stand, in der Hand die Mordwaffe, die in diesem Fall ein albernes und peinliches Wort war: »Ich habe rauschenden Beifall bekommen.«

Warum hatte ich das gesagt? Immer hatte er sich vor mir mit seinen Erfolgen gebrüstet. Ich dagegen hatte möglichst kurz und sachlich über meine Arbeit gesprochen, schon weil ich lange Zeit dachte, er habe keinerlei Zugang dazu. Und ausgerechnet jetzt, da er so verletzbar war, hatte ich mir diese selbstzufriedene Bemerkung entschlüpfen lassen. Hatte ich ein für allemal klarstellen wollen, wie die Verhältnisse zwischen uns waren?

Mein Gott, dachte ich, was für ein Wahnsinn! Zwischen uns hatte sich das Drama von Kain und Abel abgespielt, doch mit vertauschten Positionen. Mein Rauchopfer war angenommen worden, und so war ich, der Ältere, in die Position des glücklichen Abel gekommen, während meinem Bruder die Rolle des benachteiligten Kain zufiel. Doch nicht Kain erschlug Abel aus Neid und Haß, sondern Abel tötete seinen Bruder Kain, indem er selbstzufrieden auf seine steigende Rauchsäule wies: »Ich habe rauschenden Beifall bekommen.« Man sagt viele unüberlegte und peinliche Dinge im Laufe seines Lebens. Aber nie zuvor hätte ich mir auf die Lippen beißen mögen wie dieses Mal. Und weil ich so beschämt und entsetzt war, äffte ein inneres Echo den fatalen Satz immer wieder nach.

Doch war das nur meine erste Reaktion. Gleich danach wuchsen in mir Widerwillen und kalte Wut. Warum hatte mein Bruder sein ganzes Leben so eng auf mich bezogen? Warum hatte er sich ständig in Konkurrenz zu mir gesehen? Was, verflucht noch mal, hatte die Preisverleihung mit seiner Krankheit zu tun? Es war mein Leben! Warum, wenn er es nicht ertragen konnte, hatte er mich so dringlich danach gefragt? Hatte er teilnehmen wollen an meinem Leben, oder hatte er geglaubt, aus meinem Bericht etwas für sich selbst gewinnen zu können, eine geliehene, übertragbare Bestätigung für das eigene Ich? Dann war das genauso falsch wie sein ewiges Konkurrieren.

Szenen unserer Rivalität schossen mir durch den Kopf. Wie er als kleiner Junge, er war vielleicht elf Jahre alt, auf der Terrassentreppe hinter mich trat, leise meinen Namen sagte und, als ich mich umdrehte, mir mit voller Wucht seine Faust ins Gesicht schlug und die Flucht ergriff. Und als ich schon Ende Fünfzig war und ihn zusammen mit meiner Frau in Wien besuchte, hatte er, gekränkt durch meine Abneigung gegen die Wiener Heurigenromantik, in die er uns einführen wollte, jenen tagelangen Streit vom Zaun gebrochen, der sich wie ein Flächenbrand ausbreitete und bis an den Rand einer körperlichen Auseinandersetzung führte.

Dies und anderes flog vorbei wie ein Wolkenschatten und verdunkelte auch die freundlichen Erinnerungen. Und plötzlich dachte ich: Ich brauche ihn überhaupt nicht! Er wird mir vielleicht nicht einmal fehlen.

Der Gedanke bekam wenig später eine andere Fassung: Ich würde, wenn er gestorben war, nicht um mich trauern, weil ich ihn verloren hatte, sondern allein um ihn, dem alles genommen worden war. Der Tod war ein unteilbares Unglück, erst recht, wenn man unversöhnt mit dem Leben sterben mußte.

Ich sah ihn dort liegen, zur Seite gedreht, wie er um seine Fassung rang, und ohnmächtiges Mitleid überfiel mich. Ich konnte ihm nicht helfen und konnte auch das nicht sagen. Er hätte es wohl nicht ertragen können. So krampfte sich alles in mir zusammen, während er gegen sein lautloses Schluchzen kämpfte. Leise sagte ich: »Entschuldige bitte.« Ich hatte keine Antwort erwartet, hörte aber, wie er leise murmelte, das Gesicht weiter ins Kissen gedrückt: »Entschuldige du.«

Langsam kam er wieder zu sich, gerade noch rechtzeitig, bevor eine Krankenschwester eintrat, ihm Blut abnahm und ihm das Thermometer zum Temperaturmessen gab. Wahrscheinlich hatte er jetzt Fieber. Er sah erschöpft aus, hatte rote Flecken im Gesicht. Ich redete ihm gut zu, ein wenig zu schlafen, und nach kurzem Sträuben folgte er meinem Rat und drehte sich zur Seite. Ich legte meine Hand auf seine Beine, ganz leicht, damit es ihn nicht drückte und nicht wie Zwang wirkte. Er lag still. Schien wirklich eingeschlafen zu sein. In der überhitzten Luft fielen auch mir fast die Augen zu. Der Student im Bett an der Tür hatte Besuch von seiner Freundin bekommen. Sie flüsterten miteinander. Ich nahm meinem Bruder das Thermometer ab. Er wurde davon wach und fragte mich besorgt, wieviel Grad es anzeige. Es waren zwei Striche über 39 Grad, nicht bedrohlich, aber auch nicht die ideale Voraussetzung für die Chemotherapie, die morgen beginnen sollte. Der Student erbrach sich auf eine kraftlose Weise, ohne heftiges Würgen, und seine Freundin machte sich hinter mir am Waschtisch zu schaffen und versorgte ihn. Mein Bruder schlief wieder, was schon deshalb das

Beste war, weil ich nicht wußte, worüber wir reden sollten.

Ich blieb zwölf Tage in Wien und wohnte in dem Apartment meines Bruders in der Gatterburggasse. Das war die zweite und bessere der beiden Notwohnungen, in denen er seit seiner Flucht nach Wien gelebt hatte. Der Hauptraum, nicht sonderlich groß, war mit Büromöbeln und Akten vollgestellt, und außer einem Fernseher, einem kleinen Bücherregal und einem runden Tisch mit vier Stühlen gab es hier nichts, was einen vermuten ließ, daß dieser Raum auch als Wohnzimmer diente. Nebenan befand sich eine kleine Schlafkoje mit zwei feldbettähnlichen Liegen, und außerdem gehörten zur Wohnung eine winzige Küche und ein Badezimmer, in dem gerade genug Raum für ein kleines Waschbecken, eine Toilette und eine Sitzbadewanne war.

Hier hatte er gelebt und in den letzten Jahren bis in die Nächte hinein seine Analysen von Firmenzusammenbrüchen geschrieben und Sanierungskonzepte ausgearbeitet. Nur zum Wochenende, manchmal auch Mittwoch abends, war er zu H. gefahren, doch schon am Sonntagnachmittag war er regelmäßig in die Gatterburggasse zurückgekommen, wo alle seine Akten standen und seine mit dem Erfolg unentwegt zunehmende Arbeit wartete. Erst mit der Fertigstellung der großen gemeinsamen Wohnung hatten sie dieses provisorische Leben beenden wollen.

Es hatte einen eigenartigen Reiz für mich, in diesem kleinen, unwirtlichen Apartment zu leben, das in keiner Weise auf mich und meine Gewohnheiten zugeschnitten war. Es war ein Zufallsort, der sich mir gegenüber gleichgültig zeigte und verhinderte, daß ich mich schnell an ihn gewöhnte. Wenn ich aber abends durch die dunkle Kutscheneinfahrt und den Hinterhof ging und über die überraschend weit und herrschaftlich ausschwingende Treppe des Anbaus das Apartment erreichte, gewann es für mich den Reiz eines geheimen Zufluchtortes oder eines Verstecks.

Ich schloß hinter mir ab, hängte meinen Mantel an die Garderobe und war sofort eingesponnen in das widersprüchliche Gefühl, hierher verschlagen und hier geborgen zu sein, und von Tag zu Tag mehr geriet ich in die Phantasie, allein und fremd in dieser Stadt zu leben, geflohen aus einem anderen Leben, aus dem ich nichts mitgebracht hatte außer mir selbst.

Es war eine Stimmung, die mich bald schon ergriff, wenn ich am späten Nachmittag das Krankenhaus verließ und es nichts mehr für mich zu tun gab, als den Rest des Tages zu verbringen oder verstreichen zu lassen. Es war meist schon dunkel, und in der Stadt herrschte die Betriebsamkeit der Rush-hour: Menschen kamen von ihren Arbeitsplätzen in der Innenstadt und fuhren in die Außenbezirke oder drängten sich in den Geschäften, um noch einige eilige Besorgungen zu machen. Ich hatte nichts vor, niemand erwartete mich. Die namenlose Dünung des Lebens war das Element, dem ich zugehörte. Ich hätte zum Abendessen in die prunkvoll geschmückte und adventlich erleuchtete Innenstadt fahren können, aber ich verspürte keine Lust dazu. Das Geheimnis lag in der anderen Richtung, mehrere Teilstrecken außerhalb des Zentrums, in der Nähe der Gatterburggasse, wo die Döblinger Hauptstraße den 19. Wiener Bezirk durchschnitt und in ihrem bescheidenen Weihnachtsschmuck fast kleinstädtisch wirkte. Zusammen mit anderen Fahrgästen stieg ich aus, überlegte, ob ich für Abendessen und Frühstück noch genug im Kühlschrank hatte oder ob ich noch schnell etwas einkaufen mußte. Oder ich ging in ein einfaches Gasthaus und bestellte eins der angebotenen Gerichte und ein Glas Bier, und während ich auf mein Essen wartete, blätterte ich eine der Tageszeitungen durch, die dort an einem Haken hingen. Ich war ruhig und hatte einen gleichmäßigen inneren Abstand zu allem, was ich wahrnahm oder las und was nicht von mir geändert werden konnte, also eigentlich zu allem. Und ich dachte oder fühlte vielmehr, daß mir nichts Wesentliches fehlen würde, solange ich auf diese Weise leben konnte. Ich genoß die Ereignislosigkeit, arbeitete nicht, las nicht außer in einigen alten Zeitschriften, die in der Wohnung herumlagen, oder ließ das österreichische Fernsehprogramm über mich ergehen, in dem eine Serie über Adventsbräuche in den verschiedenen österreichischen Landschaften lief. Warum nicht Adventsbräuche in Vorarlberg, dachte ich, oder Adventsbräuche in der Steiermark, im Waldviertel, in Tirol? Es war so gut und so schlecht wie irgend etwas anderes, um die Zeit verstreichen zu lassen und zu spüren, daß einem noch genug Zeit geblieben war, um sie vertun zu können. Ich lebte unter ermäßigten Ansprüchen an meine Umgebung und an mich selbst, und auch auf dem Boden dieser selbstgeschaffenen Leere entdeckte ich so etwas wie Glück.

Ich stellte mir vor, wie mein Bruder hier gelebt hatte, sah ihn überall, wohin ich meinen Blick schweifen ließ. Er kam aus der Küche, hatte sich einen starken Kaffee gemacht, um nicht einzuschlafen. Er rauchte. Auf dem runden Tisch lagen Stöße von Papieren. Er stand auf, weil ihm schwindelig war. Oder er kam nach einer langen Sitzung müde die Treppe hoch. Sein Schritt war langsam, seine Füße schlurften über den Boden, sein Atem war kurz. Als er hereinkam, sah er sich im Spiegel. Er saugte die Lippen nach innen, entblößte die Zähne. Vielleicht hatte er Zahnfleischbluten. Er ging spät ins Bett. Neben ihm tickte der Wecker, der ihn zu seinen ersten Terminen rief. Ich lag jetzt auf derselben Stelle, auf der er gelegen hatte. Er war mir zu nah, als wäre ich in die Hohlform seines Lebens geschlüpft.

Morgens kam meistens der Mitarbeiter meines Bruders, Herr B., um einige eilige Dinge zu erledigen und nach einer Stunde wieder zu verschwinden. Ich kannte ihn schon flüchtig von einem früheren Wienbesuch und hatte den Eindruck gewonnen, daß er eine schwer einzuschätzende Person sei, das psychologische Produkt eines Lebenslaufes mit vielen Brüchen und Niederlagen. Er mochte etwa Ende Vierzig sein, hatte weltläufige Umgangsformen und konnte sich, wenn er redete, gut verkaufen. Aber da war ein dauerndes Changieren zwischen einer beflissenen Höflichkeit und einem unverhohlenen Selbstdarstellungsdrang, das mich vermuten ließ, daß sich hinter seiner geglätteten Fassade viele Widersprüche verbargen. So viel ich von ihm und meinem Bruder erfuhr, war er eigentlich Ingenieur, übte aber diesen Beruf, weil er »Pech gehabt hatte«, nicht mehr aus. Mehr habe ich darüber nie erfahren. Irgend etwas war gründlich schiefgegangen im Leben von Herrn B. Und vermutlich waren sich mein Bruder und er durch ihre vergleichbaren lebensgeschichtlichen Erfahrungen nähergekommen.

Sie hatten sich zufällig kennengelernt und waren bald in geschäftliche Gespräche geraten. Mein Bruder hatte Herrn B. keine feste Anstellung angeboten, sondern ihm eine freie Mitarbeit auf Honorarbasis vorgeschlagen, und darauf hatten sie sich anscheinend geeinigt. Herr B. hatte ein Auto bekommen und fungierte sowohl als Bote wie als Stellvertreter, als Sekretär und als Schreibkraft, und als ich ihn zum ersten Mal sah, es war allerdings nur kurz, schien er mit seinem Job zufrieden zu sein. Sicher hatte mein Bruder ihm in einer schwierigen Situation geholfen. Doch auf die Dauer war es vermutlich kein angenehmes Verfahren, die einzelnen Arbeitsstunden nachweisen zu müssen und aus der Brieftasche seines Chefs entlohnt zu werden. Jetzt sah ich Herrn B. in einer anderen Situation wieder. Er hatte an Wichtigkeit gewonnen. Er war nicht mehr der devote, auf Weisungen wartende Mitarbeiter, sondern der einzige Eingeweihte in die Geschäfte meines Bruders, der Mann, der die Auskünfte gab oder verweigerte, der eilige Terminsachen erledigte und mir täglich vor Augen führte, daß er die Zügel sicher in der Hand hielt.

Morgens, wenn ich noch beim Frühstück saß, kam er mit seinem eigenen Schlüssel herein und entfaltete sofort eine hektische Geschäftigkeit. Er öffnete und sortierte die Post, führte mehrere Telefongespräche, suchte in den Akten und in Stößen abgelegter Papiere nach irgendwelchen Unterlagen, tippte einige Briefe, die er zumeist selbst unterschrieb, und gab mir andere zur Unterschrift ins Krankenhaus mit, zusammen mit Aktennotizen über seine Telefonate und Rechnungen der Firmen, die mit dem Ausbau der Wohnung beauftragt waren. Ich räumte inzwischen mein Frühstück ab und beschäftigte mich eine Weile in der Küche, um ihn nicht bei seiner Arbeit zu stören, und bevor er ging, unterhielten wir uns eine Weile im Stehen, wobei er mir die Papiere aushändigte, die ich meinem Bruder mitbringen sollte. Er selbst gab vor, in die Stadt zu müssen. »Wichtige Außentermine«, wie er das nannte.

Ich habe den sachlichen Gehalt seiner aufgeregten Tätigkeit nie richtig erkennen können, war aber ein interessierter Beobachter seiner Selbstdarstellung. Er war der Felsen in der Brandung, der Retter in der Not. Mein Bruder war auf ihn angewiesen, und sein Einfluß begann zu schwinden. Manchmal bestellte er Herrn B. zum Rapport ins Krankenhaus. Der aber fand meist Gründe, weshalb er der Aufforderung nicht folgen konnte. Vermutlich war er dabei, sich eigene Verbindungen zu schaffen. Ich weiß zwar nicht, ob er, als das Faktotum meines Bruders, in den Geschäfts- und Finanzkreisen, in denen er sich bewegte, Aussichten auf eine neue und bessere Anstellung hatte. Aber er mußte den Versuch machen, denn er war überzeugt, daß mein Bruder sterben würde. Einmal sagte er es unverhüllt und unterstrich es mit einer heftigen Handbewegung: »Er hat doch überhaupt keine Chance.« Ich glaubte daraus den Haß zu hören. Und obwohl ich seine Auffassung teilte, schreckte ich vor dieser Äußerung zurück.

Meistens drückte er sich subtiler aus. Als ich ihn einmal nach einem seiner Telefongespräche, in dem es von Namen und Titeln nur so wimmelte, ironisch auf die Titelsucht der Wiener angesprochen hatte, antwortete er:

»Ihr Bruder hat sich inzwischen auch so weit akklimatisiert, daß er sich von mir mit ›Herr Diplomkaufmann‹ anreden läßt.«

»Ist doch nicht möglich«, sagte ich. Er lächelte sanftmütig und ein wenig schmerzlich. Es war das Lächeln eines Menschen, der gelernt hatte, mit den Realitäten zu leben. »Doch, doch«, sagte er.

Das war wieder eine der Eigenarten, die mir meinen Bruder fremd machten. Es mochte ja zweckmäßig sein, das Diplom in der Geschäftsadresse zu erwähnen, doch wie hatte er es fertiggebracht, nach den anfangs sicher vertraulichen Gesprächen mit Herrn B., in der täglichen Zusammenarbeit auf einem so lächerlichen Ritual zu bestehen? War das nur eine nach außen gerichtete Inszenierung, oder wollte er seinen Mitarbeiter auf diese Weise in die Schranken weisen?

Zwischen den beiden spielte sich ein Machtkampf ab, den mein Bruder verlieren mußte, weil er sein Leben verlor, und der für Herrn B. auf einen Pyrrhussieg hinauslief, weil er seinen Job verlor. Mein Bruder regte sich auf über die wachsenden Eigenwilligkeiten von Herrn B., die ihm seine Ohnmacht deutlich machten. Er drohte, ihn beim nächsten Besuch im Krankenhaus zusammenzustauchen und ihm klarzumachen, wer hier der Chef sei. Er zweifelte die Stundenzahlen an, die Herr B. für seinen Zeitaufwand in Rechnung stellte, wollte alle Briefe zur Unterschrift vorgelegt bekommen, kritisierte den Wortlaut einzelner Schreiben, wollte die Rechnungen der Handwerker nicht anerkennen. Ich hatte Mühe, ihn zu beruhigen und ihm zu sagen, daß Herr B., meinem Eindruck nach, hinreichend loyal sei und in seinem Sinne arbeite.

Im Unterschied zu den typischen Krebspatienten, die mit einer fast schattenhaften Geduld ihr Leiden ertragen, bäumte sich mein Bruder auf. Er war das Gegenteil von dem, was in unserem privaten Sprachgebrauch ein »Schwachstrommensch« hieß. Für ihn war die Situation, in die er geraten war, ein Kampf um Leben und Tod, den er mit Erbitterung führte, und er erwartete von den Menschen seiner Umgebung, daß sie diesen Kampf mit all ihren Kräften und Fähigkeiten unterstützten. Eine Schwesternschülerin, die mit einer Kanüle in seiner Armvene herumgestochert hatte, wurde so heftig von ihm beschimpft, daß sie weinend aus dem Zimmer lief. Daraufhin wurde er vom Pflegepersonal boykottiert, bis der Stationsarzt die Sache wieder in Ordnung brachte. Um ihm seine Abhängigkeit vor Augen zu führen, fragte ich, was er denn habe tun wollen, wenn sich das Pflegepersonal weiter gegen ihn gestellt hätte. Er antwortete: »Dann wäre ich aus dem Bett aufgestanden und brüllend durch die ganze Station gegangen.«

Man mußte es ihm glauben. Noch im Sterben hat er später eine solche Reaktion gezeigt. Ich wußte auch, daß man sein ungebärdiges Agieren mit einer Beruhigungsspritze beenden würde. Körperlich und vielleicht auch seelisch war er von vorneherein der Verlierer. Er muß das natürlich selbst gewußt haben. Vielleicht waren die Menschen und Institutionen, gegen die er in solchen Augenblicken anwütete, gar nicht die eigentlichen Ziele seiner Wut. Er meinte wohl irgend etwas Gesichtsloses: die grausame Macht, die ihn verurteilt hatte, oder das Unrecht, das ihm seiner Meinung nach geschehen war. Aber das konnte er nicht ausdrücken. Dieser Feind war ungreifbar.

Manchmal war er auch niedergeschlagen, und dann wirkte er starrer als sonst. Sein Blick war umdüstert, seine Stimme rauher. Er lag auf der Seite und döste, wandte sich mir aber zu, während ich meine Hände desinfizierte. Ich nickte und lächelte ihm zum Gruß zu. Er brachte nur ein schwaches Lächeln hervor. Sein Blick war grüblerisch und fragend, als blicke er durch alles hindurch und suche dahinter nach einer Antwort. Wenn ich mich neben sein Bett setzte und ihn fragte, wie es ihm ginge, bekam ich meist eine medizinische Auskunft. Einmal sagte er: »Manche Nächte sind furchtbar. Die Pumpe geht nicht regelmäßig, und ich träume grauenhafte Dinge. Heute nacht habe ich mich im Sarg liegen sehen. Alles war stockdunkel.« Seine Stimme drohte zu kippen, und er brach ab und stellte eine alltägliche Frage, die uns von dem finsteren Abgrund wegführte.

Immer gab er mir zu verstehen, daß er seine Lage kannte,

aber nicht darüber sprechen wollte. Er durfte sagen: »Ich weiß, es ist nur noch ein Versuch.« Ich hingegen mußte ihm Mut machen und eine Zuversicht ausdrücken, die ich nicht wirklich hatte.

Man darf einem Todkranken kein Gespräch über seinen Zustand aufdrängen. Die Lizenz, darüber zu sprechen, kann man nur von ihm bekommen. Er aber gab mir zu verstehen, daß er leben wolle, leben und wieder gesund werden. Und wenn das zu hoch gegriffen war, dann war er auch bereit, ein eingeschränktes Leben zu führen, mit schweren gesundheitlichen Schäden und wiederholten Erhaltungstherapien und mit stark verkürzter Lebenserwartung.

Für mich war es kaum einfühlbar, daß der bleichhäutige, abgemagerte, kahlköpfige Student, der sein Zimmergenosse war, für ihn eine Hofffnung darstellte, einen möglichen Teilsieg über den Tod. Denn obwohl dieser junge Mann in meinen Augen kranker aussah als mein Bruder und auch gewiß nicht dessen seelische Vitalität hatte, durfte er bald die Station für unbestimmte Zeit wieder verlassen und konnte, wenn er sich erholt hatte, sein Studium wieder aufnehmen. Ein Leben auf Abruf erwartete ihn. Die Therapie hatte ihm diese Tür offengehalten. Trotz des großen Altersunterschiedes und gewisser Unterschiede der Befunde, die seine eigene Prognose schlechter aussehen ließen, klammerte sich mein Bruder an dieses Beispiel, und die Macht des Lebenswillens verschleierte ihm manchmal das augenscheinliche und bejammernswerte Elend in diesem vermeintlichen Hoffnungsbild.

Doch über seiner eigenen Zukunft – falls er denn überhaupt noch eine Chance zu überleben hatte – lagerte noch ein anderer Schatten. Ich hatte ihn zum ersten Mal wahrgenommen im November bei unserem letzten gemeinsamen Spaziergang, als er mir erzählt hatte, daß er, um auf dem Markt mitzuhalten und nicht den Schulterschluß mit seinem wichtigsten Geschäftspartner zu verlieren, sich erneut und über das geplante, auch schon riskante Maß hinaus belasten mußte. Bei der Planung und Finanzierung der großen Wohnung mit dem darin eingeschlossenen Büro war er schon bis an den Rand seiner Möglichkeiten gegangen. Nun war das nahezu Unmögliche, Nicht-mehr-Verantwortbare hinzugekommen durch die dringliche Einladung seines Geschäftspartners, mit ihm zusammen die seltene Gelegenheit wahrzunehmen, in einer erstklassigen, hochbegehrten Geschäftslage nahe beim Stefansdom eine große Büroetage zu kaufen und dem dort üblichen Standard entsprechend einzurichten. Er müsse das einfach machen, hatte mein Bruder gesagt. Aber es war ihm deutlich anzumerken, daß es zu viel für ihn war. Er hatte noch erhebliche Altlasten aus seinem Konkurs abzutragen, und so blieben alle seine Zukunftsprojekte trotz hoher laufender Einkünfte gewagte Konstruktionen auf schmalem Grund.

So viel ich davon mitbekam, spielte bei all seinen Planungen der Zeitfaktor eine wichtige Rolle, denn er wollte immer schon in einer Zukunft leben, die er noch nicht wirklich erreicht hatte. Seine Phantasie lief dabei über gewundene und weit verzweigte Wege. Er versuchte, eine Steuerstundung zu erwirken, um einen bereits genehmigten Bankkredit für den Ausbau der Wohnung noch nicht beanspruchen zu müssen und Zinsen zu sparen, und wenn er noch mehr Geld brauchte, mußte er mit Mängelrügen gegen die Rechnungen der Handwerker kämpfen: – immer ging es darum, der Geschäftsentwicklung vorauszueilen und entstehende Verpflichtungen hinauszuschieben, um dann in einem wahren Arbeitsmarathon den selbstgesetzten Leistungsmarken nachzuhetzen und immer noch gerade rechtzeitig ans Ziel zu kommen, nie aber, wie mir schien, an ein Ende dieses kräfteverzehrenden Kampfes um Wiederaufstieg und Erfolg.

Mir hatte er manchmal einen kurzen Einblick in seine geschäftlichen Überlegungen gegeben, ganz gegen seine Gewohnheit, alles mit sich allein auszumachen. Er wollte keine Mitwisser, fragte niemanden um Rat. H. und auch Herr B. waren nur teilweise informiert. Wie gewagt seine geschäftlichen Pläne waren, wußte nur er selbst. Seine Arbeitskraft, seine Intelligenz waren die einzigen Reserven, die er in seinen komplizierten Kalkulationen als einen Faktor behandelte, den er nach Bedarf immer höher belasten konnte. »Dann muß ich statt zwölf eben vierzehn Stunden arbeiten«, hatte er bei unserem letzten gemeinsamen Spaziergang zu mir gesagt. Da in diesem ununterbrochenen Powerplay alles auf ihn selbst ankam, hatte er die Anzeichen seiner schweren Krankheit auch so beharrlich übersehen.

Seit er in der Station lag, war er fast handlungsunfähig, und das machte ihm schwer zu schaffen. H. und Herr B. bekamen zwar täglich neue Anweisungen von ihm, und einmal empfing er auch zwei Bankleute zu einer kurzen Besprechung an seinem Krankenbett. Aber die meisten Aufträge konnte er nicht zu Ende führen, und wann und ob er je neue übernehmen konnte, war eine unbeantwortbare Frage. Die Zeit hatte angefangen, gegen ihn zu arbeiten. Sie ließ das Terrain schrumpfen, auf dem er lebte. Je länger seine Gesundung sich hinauszögerte, um so drückender wurden seine Schulden und um so geringer seine Aussichten, wieder als Konkursverwalter und Firmenberater Fuß zu fassen. Wurde er nicht bald gesund und arbeitsfähig, dann mußte er in eine Lage geraten, in der schließlich der Tod als der einzige Ausweg erschien.

Er sah das selbst, klammerte sich aber an die Hoffnung, er werde sich in den Pausen zwischen den Therapien so weit erholen, daß er einige seiner Aufträge zu Ende führen konnte. So wollte er die sich anbahnende Katastrophe hinausschieben und mehr Zeit für den medizinischen Kampf gegen das Sterben gewinnen. Immer sagte er: »Ich muß bald ans Arbeiten kommen.« Es war eine Beschwörungsformel, mit der er sich zu beruhigen versuchte. Am meisten freute es ihn, wenn seine Auftraggeber und Geschäftspartner ihm schrieben, er brauche sich keine Sorgen zu machen, sie wollten weiter mit ihm arbeiten, er solle erst einmal gesund werden. Als ob nicht das das eigentliche Problem gewesen wäre.

Inzwischen hatten die Ärzte ihn mit Antibiotika und Bluttransfusionen so weit hergerichtet, daß die erste Chemotherapie beginnen konnte. Es war ein Wettlauf mit dem Tod gewesen, denn der Krebs hatte, wie die Kontrollen zeigten, die gesunden Zellen des gespendeten Blutes jedesmal schnell wieder aufgezehrt. Der Krebs war mit Blut gemästet worden, ohne je genug zu bekommen. Immer hemmungsloser, parasitenhafter hatten sich die entformten Zellen vermehrt.

Nun wurde der chemotherapeutische Giftkrieg gegen sie eröffnet. Diese Behandlungsmethode glich der brutalsten Militärstrategie, dem »Krieg der verbrannten Erde«, der eine Defensivform der unterlegenen Partei darstellt. Wenn man den siegreichen Vormarsch der feindlichen Truppen nicht mehr aufhalten kann, bekämpft man sie, indem man in dem Gebiet, in das sie eindringen, alle lebensnotwendigen Einrichtungen zerstört. Bei den modernen flächendekkenden ABC-Waffen läuft das darauf hinaus, daß ganze Landschaften langfristig unbewohnbar werden.

Selbstverständlich ist ein solcher Generalangriff auf das Leben nicht das Ziel der Chemotherapie, aber er ist ihre unvermeidbare Folge. Denn die injizierten Zellgifte greifen nicht nur die Krebszellen, sondern alle Körperzellen an und rufen erhebliche, oft lebensbedrohliche Nebenwirkungen hervor. Das Ende ist nicht selten genauso katastrophal wie beim Krieg der verbrannten Erde: Man hat den Krebs nur besiegt, indem man seinen Wirtskörper zerstörte. Genarrt von allmählich schwindender Hoffnung, ist der Patient durch ein Tal der Tränen gegangen, um am Ende zu sterben.

Ich fühle mich nicht berufen, mich in die Diskussion dieser Behandlungsmethode einzumischen. Sie hat schließlich markante Erfolge aufzuweisen, vor allem bei jungen Patienten mit Leukämie. Mein Bruder hatte von vorneherein eine sehr schlechte Prognose und zog nach genauer Aufklärung über Aussichten und Folgen die Therapie trotzdem der Gewißheit des nahen Todes vor, auch wenn der Weg dorthin weniger qualvoll gewesen wäre, wie ihm der Arzt versprochen hatte. Es ist mir unmöglich zu sagen, er habe die falsche Wahl getroffen.

Da vormittags die Arztvisite stattfand und mit dem Fortschreiten der Behandlung immer neue Untersuchungen des Blutes, des Knochenmarks, der Lunge, des Herzens und auch anderer Organe nötig wurden, fuhr ich erst nach dem Mittagessen in die Station, um bis zum späten Nachmittag am Krankenbett zu sitzen. Kam ich früher, traf ich manchmal noch H. an, die den meist vergeblichen Versuch machte, dem Kranken ein paar Bissen von der faden Krankenhauskost in den Mund zu schieben. Ich weiß nicht mehr genau, weshalb das nötig war, glaube aber, daß er den rechten Arm, in dessen Vene die Infusionsnadel saß, möglichst wenig bewegen sollte.

Ich war überrascht, als ich ihn im Bademantel, zusammengekrümmt und mit um den Leib geschlungenen Armen, auf der Bettkante sitzen sah, während er mit einem wilden Blick des Ekels den Gabelbissen anstarrte, den H. ihm wie einem Kind, das gefüttert werden sollte, entgegenhielt. Er schnappte dann zu, kaute darauf herum und schluckte den Bissen gewaltsam herunter, mußte danach eine Pause machen und tief durchatmen, damit er ihn nicht erbrach. Schon vorher hatte er auf das Krankenhausessen geschimpft und angedroht, sich sein Essen aus dem Interconti kommen zu lassen. Jetzt zeigte sich, daß das keine Lösung des Problems gewesen wäre, denn H., die ihn nach seinen Wünschen fragte und ihm eine Scheibe Lachs oder eine Quarkspeise oder Früchte mit Sahne zum Essen mitbrachte, hatte auch damit keinen Erfolg.

»Das Alexan duldet nichts neben sich«, kommentierte der Arzt den heftigen Widerwillen des Kranken gegen alles Eßbare. Das erinnerte in meinen Ohren merkwürdig an den Bibelsatz: »Du sollst keine anderen Götter haben neben mir.«

Jeder, der Krebskranke kennt, die mit Zytostatika behandelt wurden, weiß, was ich gesehen habe, als er dort, auf der Bettkante sitzend, heftig den Kopf schüttelte und das Essen verweigerte, das H. ihm in kleinen Happen zurechtmachte und einladend vor die geschlossenen Lippen hielt. Das Elend wird von den Ärzten mit den Buchstaben ANE bezeichnet, Abkürzungen für zwei lateinische und einen deutschen Begriff: Anorexie gleich Appetitlosigkeit, Nausea gleich Ekel oder Übelkeit und als dritter Erbrechen.

Das seien »unvermeidbare Begleiterscheinungen« der Krebsbehandlung, las ich später. Der Text, ein Leitfaden der Zytostatika-Therapie, zählte auch die Schäden und Folgewirkungen auf, die sich hinter diesen Symptomen verbargen: »Zusammen mit der zytotoxischen Schädigung der Darmepithelien und Störung der Verdauungsfunktion führen ANE zu einer weiteren Gewichtsabnahme des Kranken. Dadurch werden nicht nur Allgemeinbefinden und Genesungswillen, sondern auch die Komorbidität, Immunabwehr und Tumorprogredienz nachteilig beeinflußt.« Weil im Organismus alles mit allem zusammenhängt, wurde wechselseitig alles schlechter. Es gab nur die Hoffnung, daß in diesem Wettlauf zwischen zwei Todesarten der künstliche Gifttod den Krebstod überholte und aus der Bahn warf, bevor es für eine Rückkehr ins Leben zu spät war.

Als ich später – er war schon gestorben – diese medizinischen Texte las, sah ich ihn wieder vor mir, wie er in seinem Bett lag, an die Zimmerdecke starrte und sich mir mit einer matten Kopfbewegung zuwandte, wenn ich ins Zimmer trat. Er hatte mich immer schon erwartet. Manchmal erschien zur Begrüßung ein gelähmtes Lächeln auf seinem abgemagerten Gesicht, doch seine Augen machten dieses Lächeln nicht mit. Ihr Blick war starr und umdüstert, und ich nahm darin einen stummen Vorwurf wahr, der sich an die ganze Welt richtete, aber vor allem wohl an mich. Du lebst, sagte dieser Blick, und ich liege hier und kämpfe um mein Leben. Du machst nur deinen täglichen Krankenbesuch, und dann gehst du wieder, und bald reist du ab, und das alles nimmst du einfach in Anspruch, du wie alle anderen, nur ich kann es nicht mehr in Anspruch nehmen, nur ich nicht, begreifst du das?

Er ließ die Gedanken, die ich in seinem vorwurfsvollen, düsteren Blick las, sicher nicht ohne Kontrolle und Einspruch in sich groß werden, doch ich merkte ihm an, daß sein grüblerischer Blick unentwegt auf den Unterschieden seines und meines Lebens ruhte. Sprechen wollte er nicht darüber, schon deshalb nicht, weil es zu schwer für ihn zu ertragen war. Immer wieder schob er die unbeantworteten Fragen in den Hintergrund. Sein nervöses Interesse für die Routinen des Klinikalltags half ihm dabei.

Ab und zu beschäftigte er mich mit kleinen Hilfeleistungen. Ich mußte ihm die Salben und die Sprühflasche für die Mundpflege reichen, mit der drohenden Pilzinfektionen vorgebeugt werden sollte. Oder er verlangte nach einem feuchten Waschlappen, um sich über sein schweißfeuchtes Gesicht zu wischen. Oder er machte, die Lippen zusammenpressend, das kurze, nervöse Zeichen mit der Hand, das bedeutete, ich solle ihm rasch eine der Nierenschalen aus Kunststoff reichen, die auf der unteren Platte seines Nachttisches bereitlagen. Trotz der Hast, mit der er danach griff, mußte er meistens lange würgen, bevor er ein wenig Schleim erbrach.

Er war jetzt äußerst empfindlich und reizbar. Einmal klappte mein Brillenetui zu laut zu, und er reagierte darauf mit einem so schmerzlichen und vorwurfsvollen Gesichtsausdruck, als hätte ich mit großer Wucht eine Tür zugeschlagen. Andererseits verstand er mich manchmal schlecht. Sein Hörvermögen hatte nachgelassen, und ich sprach wohl auch zu leise, weil ich nach unserem schrecklich mißglückten ersten Gespräch unsicher geworden war. Ich sah sein Stirnrunzeln, seine Erregbarkeit und kontrollierte meine Worte. Er wollte von mir bestärkt und bestätigt werden, und wenn wir in irgendeiner Sache verschiedener Meinung waren, fühlte ich mich genötigt, einzulenken und nur der Form halber zu widersprechen.

Ich hatte Schwierigkeiten, mich auf die fremdartige Autorität eines todkranken Menschen einzustellen, der einerseits Anspruch auf Schonung hat und andererseits den tragischen Vorrang seiner Erfahrung ausstrahlt. Er ist dem Tode nahe. Ihm wird bald alles genommen werden. So weiß er auf andere Weise als die gesunden Menschen, was die Dinge des Lebens wert sind. Wenn er es nicht mehr weiß, so ist das erst recht eine Erfahrung, die das normale Lebenswissen überschreitet und in Frage stellt. Der Todkranke spricht von einer anderen Warte aus. Seine Stimme tönt aus dem Schatten, der über ihn gefallen ist, und in manchen Augenblicken schaut uns aus seinem eingefallenen Gesicht schon die Verkörperung seines Endes an. Man muß eine Hemmung überwinden, bevor man den Kranken berührt. Sein Leib ist erbarmungswürdig, doch auch unheimlich, denn in ihm arbeitet der Tod. Es ist nicht leicht, unbefangen zu bleiben, wenn man daran denkt.

Andere hatten nicht diese Schwierigkeiten. Als man nach einigen Tagen dazu überging, ihn durch Infusionen zu ernähren, hatte ein Arzt die Flasche mit der Bemerkung angeschlossen, so teuer wie er jetzt ernährt würde, könne er nirgendwo essen gehen, denn der Cocktail aus Nährlösungen und Medikamenten koste umgerechnet weit über fünfhundert Mark. Ich fand, daß das eine instinktlose Bemerkung gegenüber einem Menschen war, der fast jeden Bissen, den er mühsam heruntergeschluckt hatte, wieder erbrechen mußte. Aber der Kranke hatte es ganz anders aufgefaßt. Er hatte daraus nur entnommen, daß er das Beste vom Besten bekam.

Auch die Bluttransfusionen, besonders die Präparate mit Blutplättchen, die die verlorengegangene Gerinnungsfähigkeit des Blutes wiederherstellen sollten, erwähnte er mir gegenüber mit einem Ton von Genugtuung über den Aufwand, der mit ihm getrieben wurde. Um seine Ängste zu beschwichtigen, glaubte er bereitwillig an die medizinische Technik und den Fortschritt der Wissenschaft. Er stellte eine imaginäre Bilanz auf, in der die Negativa und die Positiva seiner Situation in einem schwankenden Gleichgewicht standen, das ihn hoffen und bangen ließ.

Immer wieder brach diese mühsam aufgebaute Bilanz zusammen. Seine Mundhöhle entzündete sich. Die Pilzinfektion – deutliches Signal seiner Immunschwäche – griff auf die Lunge über. Das Herz schlug unregelmäßig. Plötzlich ansteigendes Fieber zeigte sich ausbreitende Infekte an und rief, wie bei einem ständigen Wettrüsten zwischen dem Tod und der Medizin, neue Untersuchungen und therapeutische Gegenmaßnahmen hervor. Er beobachtete alle diese Anstrengungen und übertrug sie in seine ständig schwankende Bilanz der Besorgnisse und der Hoffnungen, dieses schwierig zu erhaltende Gleichgewicht, dessen Zusammenbruch – das wußten wohl alle, die Besucher und die Ärzte – den weiteren Verlauf der Behandlung und der Krankheit katastrophal verschlechtert hätte. Man wünschte sich einen optimistischen Patienten und konnte auch mit einem apathischen umgehen, aber wohl kaum mit einem verzweifelten.

Es war schwierig für den Kranken, die Chemotherapie, die ihn so elend machte, unter die Positiva seiner Situation einzureihen. Er mußte sich dazu von seinem Körper distanzieren und ihn der Zerstörung durch das injizierte Gift überlassen. Das Ich oder die Seele verloren ihr natürliches Haus. Übelkeit und zunehmende Erschöpfung vertrieben sie aus dem Körper in eine abstrakte, vom Gefühl nicht mehr getragene Bewußtseinsposition: dem Wissen des Kranken, daß diese aggressive Therapie seine letzte Chance war. Sein Körper, den er bedingungslos in die Obhut der Medizin gegeben hatte, war zum Schlachtfeld geworden, auf dem die Ärzte den schon fast aussichtslosen Kampf gegen den Krebs mit dem massivsten Einsatz ihrer Mittel führten. Die chemotherapeutische Induktionsbehandlung, die sie dem Kranken verordnet hatten, war ein überfallartiger, harter Angriff auf die entarteten Zellen, der bis an die vermuteten Grenzen der körperlichen Belastbarkeit ging. Nach der Logik des Entweder-Oder, die jetzt herrschte, hatte eine sanftere und schonendere Behandlung keinen Sinn mehr. Sieben Tage und sieben Nächte rund um die Uhr sollte die Einspritzung des Giftes dauern.

Das zytostatische Gift – wenn ich mich recht erinnere, eine milchige rosa Flüssigkeit, die in einer Flasche an dem Infusionsständer über seinem Bett hing – wurde durch eine Zerstäuberspritze automatisch in kurzen Abständen und abgemessenen Dosen in die Armvene gesprüht. Der Apparat machte dabei ein kurzes Geräusch, das an das Summen eines bösartigen Insekts erinnerte. Obwohl der Kranke nichts dazu sagte, konnte ich ihm ansehen, daß der regelmäßige Summton der Einspritzung an seinen Nerven zerrte. Es war für ihn wohl kaum anders, als hätte er, ohne zu zucken, auf seinem Arm einen Moskito dulden müssen, der ihn in kurzen Abständen immer wieder stach.

Ich riet ihm, sich abzuwenden und sich auf seine inneren Zufluchtsorte – schöne Erinnerungen und Phantasien – zurückzuziehen. Um es ihm leichter zu machen, sich zu entspannen, legte ich meine Hand auf die Decke, unter der seine Beine lagen, und offenbar beruhigte ihn dieser körperliche Kontakt, denn er drehte sich weg von der Perfusorspritze und dem Anblick der sich nur langsam leerenden Flasche mit der Infusionsflüssigkeit und schloß die Augen. Nach kurzer Zeit hörte ich an seinen Atemzügen, daß er eingeschlafen war.

Es rührte mich zu sehen, wie er dort lag. Das Leiden und die Strenge waren nicht ganz aus seinem Gesicht gewichen, aber der offenstehende Mund, durch den er Luft holte, verriet eine gierige, aus tiefer Erschöpfung kommende Entspannung. Dies war die andere Seite seiner widerspruchsvollen Beziehung zu mir: nicht Konkurrenz und Kampf, sondern brüderliche Nähe. Er hatte sich mir anvertraut und alles losgelassen, was er sonst unentwegt mit sich herumtrug und in sich verbarg, alle seine ungelösten Probleme, die unvollendeten Projekte und die zerfallenden Zusammenhänge, den ganzen liegengebliebenen, ihm aus der Hand gefallenen Lebensstoff, den er immer wieder durchdachte und zu ordnen versuchte, ähnlich wie in einem jener qualvollen und lächerlichen Träume, in denen es einem nicht gelingt, rechtzeitig zur Abreise seinen Koffer zu pakken, weil dauernd alles wieder über die Ränder quillt und immer etwas anderes zu fehlen scheint. Es sind Sterbeträume, in denen der Tod, umgedeutet zur Abreise, einen unvorbereitet antrifft und vereitelt, daß man seinem Leben einen sinnvollen Abschluß gibt. Träume, in denen man sich erholt, scheinen dagegen keine Zeit zu kennen. Man taucht ein in Seelenzustände, in denen es kein Todesbewußtsein gibt. Ich hoffte, seine Entspannung sei so tief, daß er dahin zurückfinden könne und für eine Weile dem Angriff des Giftes und seinen Sorgen entzogen war.

Draußen dämmerte es, und der kahle Ast hinter der durchsichtigen Scheibe der oberen Fensterhälfte, der für mich, wenn ich hier saß, die Außenwelt darstellte, wurde schwarz und flach und versank langsam in seinem grauen Hintergrund. Der Student im Bett neben der Tür bekam Besuch von seiner Freundin, die wie immer vorsichtig und zögerlich wie eine verschüchterte Elfe ins Zimmer trat. Ich hörte hinter mir, wie sie ihre Hände desinfizierte und ihm dann flüsternd irgend etwas überreichte. Bevor die Studentin eintrat, hatte ich eine Weile nichts von ihm wahrgenommen. Schon seit Jahren litt er an Leukämie, und ich konnte nicht erkennen, ob seine stille, schattenhafte Art Apathie oder Geduld war. Seine Chemotherapie war wieder einmal beendet, und er blieb nur noch zur Beobachtung einige Tage in der Station. Jetzt stand er auf, um am Arm seiner Freundin auf dem Flur auf und ab zu wandeln. Sie konnten dort besser miteinander reden.

Das Sitzen auf dem unbequemen Stuhl in der überhitzten und verbrauchten Luft des Zimmers wurde für mich allmählich zu einer Qual. Um mich abzulenken, versuchte ich zu beobachten, ob die Infusionsflüssigkeit sich bewegte, wenn die Perfusorspritze ihren kurzen Summton von sich gab. Manchmal glaubte ich, ein winziges Vibrieren, ein Gekräusel wahrzunehmen. Die Einspritzung war sehr fein dosiert, ein Sprühnebel im Minutentakt, der das Gift, das die Zellteilung verlangsamen sollte, mit dem kranken Blut vermischte. Krebs in Zeitlupe und gelähmtes Leben, dachte ich, und einen Augenblick lang sah ich wieder die schwappende weißliche Algenflut, die die Strände verklebte. Trotz meiner Rückenschmerzen fielen mir allmählich die Augen zu. Sekundenlang war ich wohl eingenickt, denn wie in einem Kaleidoskop wurden irgendwelche Bilder durcheinandergerüttelt, bevor ich die weiße Wölbung der Bettdecke sah, auf der meine Hand lag. Mein Bruder tat einen seufzenden Atemzug, schlief aber weiter. Ich zog meine Hand weg, und so leise, wie es mir meine steifen Beine erlaubten, stand ich auf und ging aus dem Zimmer.

Als ich durch den Windfang ins Freie gelangt war, atmete ich tief durch, und die gewiß nicht besonders reine, diesige Stadtluft strömte erfrischend und belebend in meine Lungen und ließ mich spüren, wie bevorzugt ich gegenüber den Kranken war. Ich konnte nicht lange draußen bleiben, da es nieselte und ich wegen der knarrenden Schranktür meinen Mantel im Zimmer gelassen hatte. Aber auch ein Gefühl von Solidarität hinderte mich daran, die Vorteile meiner Lage und meiner Verfassung allzu ausgiebig zu genießen. Ich sah zu den erleuchteten Fenstern anderer Klinikgebäude hinüber, in deren Zimmern Menschen mit anderen Krankheiten lagen, sah den mit Lichtern geschmückten Weihnachtsbaum in der Nähe der Einfahrt und ging in die Station zurück.

Mein Bruder war aufgewacht. Eine Krankenschwester war bei ihm, die gerade die Infusion überprüfte und ihm das Fieberthermometer gegeben hatte. Ich setzte mich wieder zu ihm, und er fragte:

»Wo warst du?« »Einen Augenblick draußen«, sagte ich. Er ging nicht weiter darauf ein. Sein Gesicht wirkte abwesend, die Augen verschleiert, als sei er noch nicht ganz da. Ich sagte, um ihm ein wenig zu helfen, er habe wohl sehr tief geschlafen, und fragte, ob er beim Einschlafen an etwas

Schönes gedacht habe. »An Grevenbroich«, sagte er leise. Das war der Ort, in dem wir unsere Kindheit erlebt hatten, vor allem die Jahre vor dem Krieg, die jetzt sehr weit weg erschienen. Er hatte auch nach dem Krieg lange in Grevenbroich gelebt, und seine Erinnerungen waren nicht alle glücklich. Wir sprachen nicht weiter darüber. Bald kam H., um mich abzulösen.

Ich sah H. fast nur am Krankenbett, wenn wir uns dort ablösten, mit der Ausnahme eines Abends, an dem ich sie in ein kleines Restaurant in der Nähe der Gatterburggasse einlud, in dem sie früher oft mit meinem Bruder gewesen war. Ich machte mir Sorgen um sie, weil sie so angespannt und erschöpft wirkte. Bald kam der Tag meiner Abreise, und dann lag die ganze Last wieder auf ihr. Im Augenblick war sie noch vom Schuldienst beurlaubt, aber die Frist lief in wenigen Wochen ab, und dann, das war voraussehbar, mußte sie sich zerreißen zwischen Beruf, Krankenpflege und dem Ausbau der Wohnung mit all den Problemen, die sich dabei ergaben.

Was sie mir an diesem Abend über ihre Kindheit, ihre Jugend und ihre gescheiterte Ehe erzählte, machte mir noch anschaulicher klar, als ich es bereits wußte, daß die Beziehung zu meinem Bruder für sie, wie ja auch für ihn, eine Lebenswende bedeutet hatte. Gemeinsam hatten sie sich ein Leben aufbauen wollen, in dem lange aufgeschobene Wünsche in Erfüllung gingen. Das war nur gerade bis zu den Anfängen gediehen und grausam enttäuscht worden, und nun sah sie sich gezwungen, erneut über sich und ihr Leben nachzudenken. Warum hatte sich ihr Glück schon wieder in ein Unglück verwandelt, schlimmer und katastrophaler als je zuvor? Es gab dafür keine Erklärung, außer vielleicht der, daß sie auf Grund ihres bisherigen Lebens für die Phantasien meines Bruders besonders empfänglich gewesen war, wie andererseits er den Ansporn ihrer Bewunderung dringend gebraucht hatte, um den Aufstieg zu schaffen, der ihm überall das Ansehen einbrachte, das wiederum sie darin bestätigte, daß sie mit ihm eine gute Wahl getroffen hatte. So waren sie beide zu einem Paar zusammengewachsen, das sich einig war. Aber hatte die glückliche Zeit ihres gemeinsamen Lebens lange genug gedauert, um ihnen ein verläßliches Fundament zu geben, das Unglück dieser Krankheit und alle daraus folgenden Belastungen und Enttäuschungen zu ertragen?

Ich zweifelte nicht an H.s Bereitschaft, alles zu tun, was nötig war, aber ich merkte ihr an, daß sie schon jetzt am Rande ihrer Belastbarkeit angelangt war. Ich sprach darüber mit meinem Bruder, sagte ihm, es sei in seinem Interesse, H. nicht zu überfordern. Obwohl ich es nicht aussprach, konnte ich nicht verhehlen, daß es auch in meinem Interesse war: Ich konnte mit besserem Gewissen abreisen, wenn hinter mir nicht alles zusammenbrach. Ich war zwölf Tage hier. Das hatte schon Gewohnheiten und Ordnungen entstehen lassen, aus denen ich mich nur behutsam lösen konnte.

Es regnete stark, als ich am späten Nachmittag des letzten Tages meines Wiener Aufenthaltes die Klinik verließ, um in die Gatterburggasse zu fahren und meinen Koffer zu packen. Ich fühlte mich nicht besonders wohl, eher so, als verließe ich ein sinkendes Schiff, auf dem einige hilflose Menschen zurückblieben, aber der Gedanke, am nächsten Morgen zu Hause zu sein, beflügelte mich. Ein einziges Taxi wartete am Halteplatz. Am Lenkrad saß ein kleiner alter Mann, der mir wie ein pensionierter Fiakerkutscher erschien. Er wirkte schwerhörig und verlangsamt und sah offenbar auch schlecht, denn als er anfuhr, beugte er sich weit vor und starrte durch seine dicke Brille angestrengt auf die regennasse Straße.

Wir waren etwa fünfhundert Meter weit gefahren, als ich meinen Blick von den erleuchteten Geschäften rechts von mir abwandte und vor dem Wagen auf dem Zebrastreifen einen Mann stehen sah, der durch den dichten Gegenverkehr daran gehindert war, die Straße zu überqueren. Ich stieß einen Warnruf aus, da hatte der Fahrer, der auf die Rücklichter eines vorausfahrenden Wagens blickte, den vergeblich wegspringenden Mann schon erwischt und ausgehebelt. Der Körper kam mit dem Rücken voran als eine dunkle Masse über die Motorhaube auf die Frontscheibe zugeflogen, prallte mit einem dumpfen Schlag auf und fiel seitlich auf die Straße. Der Wagen stand, und der alte Mann am Lenkrad seufzte tief. Vor ihm war die Frontscheibe in zahllose kleine Scherben zersprungen und undurchsichtig geworden. Das schien für ihn das vorläufige Ende von allem zu sein, denn er rührte sich nicht mehr. Ich sprang aus dem Wagen in der Erwartung, auf der Straße einen Schwerverletzten zu finden. Denn soviel ich gesehen hatte, war der Angefahrene mit dem Rücken nicht nur gegen die Scheibe, sondern auch gegen den starren Fensterholm geprallt. Doch ich traf auf einen jungen Mann, der gerade dabei war, wieder aufzustehen, sich abtastete und nach einem verlorengegangenen Schuh Ausschau hielt. »Sind Sie verletzt?« fragte ich, worauf er wieder geistesabwesend an sich herumtastete. Inzwischen wuchtete sich der Fahrer schwerfällig aus dem Wagen heraus und rief mit einer erregten, hohen Altmännerstimme: »Wo bist du denn hergekommen?«, als hielte er es für möglich, der Angefahrene sei vom Himmel gefallen oder vor seinem Wagen plötzlich aus dem Boden gewachsen. Ich ließ die beiden allein und lief in das nächste Geschäft, um die Polizei und den Krankenwagen zu rufen, traf danach draußen auf eine Frau, die gerade, dreißig Meter von der Unfallstelle entfernt, den schwarzen Mokassin des jungen Mannes gefunden hatte. Sobald der den Schuh über seinen nassen Socken gezogen hatte, wollte er unbedingt nach Hause gehen. Da ich den Krankenwagen bestellt hatte, versuchte ich ihn davon abzuhalten, redete auf ihn ein, er müsse sich ärztlich untersuchen lassen. Das stürzte ihn geradezu in Verzweiflung. Fast flehentlich versuchte er mir klarzumachen, daß zu Hause seine Frau mit Besuch auf ihn warte. Er habe nur eben sein Auto in die Garage gefahren, und nun saßen seine Frau und der Besuch ohne ihn beim Abendessen. Ich suchte nach Argumenten, die ihn überzeugen konnten, daß eine ärztliche Untersuchung dringender sei, als hinter uns zwei Polizisten mit einem Streifenwagen hielten und mit der unnachahmlichen Ruhe beamteter Ordnungshüter auf uns zutraten und wissen wollten, was vorgefallen sei. Ich diktierte ihnen meinen Unfallbericht, und sie nahmen die Personalien auf. Andere Zeugen gab es keine, es regnete wohl zu stark. Der alte Fahrer war in der Verarbeitung des Geschehens noch keinen Schritt weitergekommen, denn er fragte den jungen Mann wieder, wo er eigentlich hergekommen sei. Der Krankenwagen kam nicht. Den beiden Polizisten schien außer dem Wetter alles egal zu sein. Der alte Mann und der junge Mann waren zu einem Paar geworden, das immer noch denselben Dialog führte. Alles löste sich in eine Farce auf, während der Regen immer stärker wurde.

Ich ging zum Taxistand zurück, um einen anderen Wagen zu nehmen, mußte aber wegen des Wetters lange warten. Durch das Dunkel und die stürzenden Wassermassen leuchtete wäßrig der große Weihnachtsbaum des Klinikgeländes. Dahinter sah ich die Fenster der Leukämiestation wie erleuchtete Kabinenfenster eines Schiffes auf hoher See. Ich glaubte auch das Fenster zu erkennen, hinter dem mein Bruder lag. Neben ihm saß H. und versuchte ihn zum Essen zu überreden.

Ich hatte die Nase voll von allem und wollte möglichst schnell hier weg. Mir war zum Lachen zumute, ohne daß ich wirklich lachen konnte. Ich glaubte, etwas Schreckliches erlebt zu haben, aber das Verhalten aller Unfallbeteiligten schien meinen Eindruck gründlich zu widerlegen. Schließlich kam ein Taxi. Sobald ich eingestiegen war, begann ich dem Fahrer zu erzählen, was ich gerade erlebt hatte. Ein mir fremder Redezwang brachte mich auch noch dazu, über die Krankheit meines Bruders, die Chemotherapie und die Klinik zu sprechen, und vermutlich wäre ich noch auf andere Themen gekommen, denn ich konnte erst aufhören, als wir am Ziel waren. Ich ging in das verlassene Apartment und packte meinen Koffer und meine Reisetasche. In mir gluckste wieder das Gelächter, aber es kam nicht heraus.

Auf und ab

Mit meiner Abreise nach Köln war der unmittelbare Kontakt zu meinem Bruder abgerissen, denn in den Krankenzimmern der Leukämiestation gab es keine Telefone. Ich fand das keineswegs bloß schlecht. Denn so wichtig es gewesen wäre, ab und zu miteinander sprechen zu können, vor allem dann, wenn er es wollte – die simple technische Unmöglichkeit ersparte uns die regelmäßigen Routineanrufe, die fast unvermeidlich auf Wiederholungen und floskelhaften Zuspruch hinauslaufen. Wenn man gewohnt ist, frei und offen seine Gedanken zu äußern, kann dieses ritualisierte, scheinoptimistische Sprechen zu einer Qual werden. Man spürt, daß es falsch ist und man auf diese Weise nichts zu geben hat, und die Gefühle von Schalheit und Widerwillen, die sich dabei einstellen, richten sich unterschwellig gegen den Kranken, der einen, unausdrücklich meistens, auf solche Scheingespräche verpflichtet hat. Erneut muß man sich dann zur Ordnung rufen und sich sagen, daß er eben krank sei, und so schiebt man ihn von sich fort und legt ihn auf seine Schwäche fest, nicht ohne ständig zu wissen, daß man ihn damit auch betrügt.

Ich konnte diese Widersprüche nicht auflösen und fand mich deshalb leichter damit ab, daß unser Kontakt unterbrochen war. Statt dessen telefonierte ich jeden zweiten oder dritten Tag mit H., nicht nur um zu erfahren, wie es um meinen Bruder stand, sondern auch um sie zu unterstützen und ihr Gelegenheit zu geben, sich auszusprechen.

Manchmal wirkte sie auf mich wie klirrendes Glas, dicht vor dem Zerspringen. Später schrieb sie mir, sie habe sich unter den ständigen Forderungen und Aufträgen meines Bruders wie eine Marionette gefühlt. Sie hielt zwar durch, doch war ich immer in Sorge um sie. Sie trug die Hauptlast, und ich fühlte mich in ihrer Schuld.

Nach dem Zeitplan seiner stets vorauseilenden Phantasien hatten die beiden zu Weihnachten in die neue Wohnung einziehen wollen. Nun hoffte er, zu Weihnachten vorübergehend aus der Klinik entlassen zu werden, um sich für die nächste Chemotherapie erholen zu können. Eine Lungenentzündung, die sich als Pilzbefall herausstellte und mit hohen Dosen von Antibiotika bekämpft werden mußte, vereitelte auch diese Hoffnung und ließ in der Lunge Verschwartungen zurück. Die Pilze schienen verborgene Residuen im Körper besetzt zu halten, denn die Entzündungen flammten später wieder auf.

Über das Ergebnis der chemotherapeutischen Induktionsbehandlung sprachen sich die Ärzte nach H.s Berichten nur undeutlich aus. Dauernd wurden neue Untersuchungen angesetzt, und kein Ergebnis schien den voraufgegangenen Untersuchungsbefunden ganz zu entsprechen. Es war auf jeden Fall nur eine partielle Remission des Krebses erreicht worden. Nach Einschätzung der Ärzte war das ein Ergebnis, mit dem man hatte rechnen müssen. Seltsamerweise beruhigte es den Kranken, daß die medizinischen Fachleute sich nicht überrascht zeigten. Aber was war denn überhaupt noch so unwahrscheinlich, daß es sie überraschen konnte? Nicht einmal der Tod.

Weihnachten also verbrachte der Kranke auf der von allen zeitweilig entlassungsfähigen Patienten geräumten Station.

Er hatte erlebt, wie die anderen von ihren Familien und Freunden abgeholt wurden, und war allein in seinem Zimmer zurückgeblieben, weil auch der Student, dem Therapieplan entsprechend, nach Hause entlassen worden war. Der Chefarzt war am Vormittag noch einmal mit schon vermindertem Ärztestab zur Visite gekommen, und danach ging die Station in die Obhut einiger junger Ärzte und einer kleinen Gruppe von Pflegern und Schwestern über.

H. bekam Besuch von ihrer Schwester und ihrem Schwager, ebenfalls einem Österreicher, der es in den USA zum Vorstandsmitglied des größten Waschmittelkonzerns gebracht hatte. Er war ein Mann in den mittleren Jahren, der längst alles im Überfluß besaß, wovon mein Bruder immer nur geträumt hatte, und alles, was ich über ihn und seine Frau gehört hatte, ließ mich vermuten, daß dieses Paar die selbstverständliche Gelassenheit und das Selbstbewußtsein der Erfolgreichen ausstrahlte. Die beiden, die nach den Weihnachtstagen ihren jährlichen Skiurlaub in den Alpen verbringen wollten, brachten bei ihrem Krankenbesuch einen zusammensteckbaren Plastikweihnachtsbaum und die dazugehörigen elektrischen Kerzen mit. Dieses Ausstattungsstück wurde auf der Station zu einer Sehenswürdigkeit. Alle Schwestern, Pfleger und Ärzte sprachen meinen Bruder darauf an, und es war wohl unvermeidlich, daß sich dabei jener Ton einschlich, mit dem Erwachsene die Weihnachtsgeschenke der Kinder bewundern. Wie ich meinen Bruder kenne, wird er darauf ironisch geantwortet haben. Doch halte ich es nicht für ausgeschlossen, daß sich manchmal, wenn er in seinem Zimmer alleine war, alles verschob und das elektrisch erleuchtete Unding aus grünem Plastik für ihn zu einem Baum des Lebens wurde, lächerliches und rührendes Symbol aller noch lebendigen, nie eingelösten Hoffnungen.

Silvester wurde er aus der Klinik entlassen. Er zog in H.s alte Wohnung, in der er nun schon seit einigen Jahren mittwochs und samstags zu Gast gewesen war. Die Ärzte hatten ihm aufgetragen, mindestens zwei Kilo zuzunehmen, damit er der zweiten Therapie standhalten konnte, die in zehn Tagen beginnen sollte.

Ich rief am Neujahrstag an, gewappnet mit dem Optimismus, der zu diesem Tag gehört. H., die den Anruf entgegennahm, legte denselben freudigen Optimismus in ihre Stimme: »Jaja, stell dir vor, Walter ist da! Er ist gestern mittag entlassen worden. Er hat sich im Augenblick hingelegt. Aber ich hole ihn gleich.«

Sie verschwand. Ich hörte Stimmen im Hintergrund. Dann kam sie zurück: »Er kommt gleich. Warte einen Augenblick.«

Wieder hörte ich, wie sie mit ihm sprach. Offenbar half sie ihm aufzustehen und führte ihn zu einem Sessel, der beim Telefon stand. Das Gemurmel und die Langsamkeit dieser Vorbereitungen warnten mich, und dann hörte ich mit dem Erschrecken, das im Film von einer überraschenden und entlarvenden Großaufnahme ausgehen kann, ganz nah, seine ton- und kraftlose Stimme. Es war die Stimme eines müden alten Mannes, dem das Leben eine Last war. Erst nach einigen Sätzen erholte sie sich so weit, daß sie mir wieder vertrauter wurde.

In den folgenden Tagen telefonierte ich häufig mit ihm und mit H., und unsere Gespräche drehten sich oft um das Essen. Wenn H. sich bemühte, besonders gesund zu kochen, stieß sie fast immer auf seine Ablehnung. Kochte sie ein Gericht, das er sich wünschte, dann mußte er häufig die

Erfahrung machen, daß sein Wunsch nur eine Erinnerung an frühere Vorlieben gewesen war. Wenn H. ihn fragte, was er mochte, glaubte er noch von sich sagen zu können, er sei jemand, der gerne ein Steak oder ein Gulasch aß. Aber anscheinend war diese erinnerte Person nicht mehr in ihrem Körper zu Hause. Sie war nur noch eine Fiktion.

Als er nach zehn Tagen wieder in die Klinik mußte, hatte er bei weitem nicht so viel zugenommen, wie die Ärzte von ihm verlangt hatten. Trotzdem wollten sie keinen Tag länger mit der zweiten Chemotherapie warten. Das schien darauf hinzudeuten, daß das Ergebnis der Induktionstherapie unzureichend und nicht stabil war.

Nun war er wieder unerreichbar für mich. Was ich noch über ihn erfuhr, kam indirekt zu mir, sozusagen als Mauerschau, wie der szenische Notbehelf des klassischen Theaters vor allem für die Darstellung von Schlachten heißt. Der Berichterstatter, der für mich über die Mauer schaute, war H., die zwar inzwischen wieder unterrichtete, aber immer noch nachmittags für ein bis zwei Stunden ins Krankenhaus ging. Sie erzählte mir das jeweils Neueste über die Behandlung und den Zustand des Kranken. Doch wie alle Mauerschauberichte waren das Informationen, die die eigene Erfahrung der Schlacht nicht ersetzen konnten.

Ein Zufallsfund bei meiner Lektüre erschloß mir einen neuen Zugang. Es war ein Satz von Alan Watts, einem vom Zen-Buddhismus beeinflußten amerikanischen Religionswissenschaftler und Philosophen, der in einer Reihe von kurzen philosophischen Abhandlungen und Meditationen zu existentiellen Grundproblemen auch über das menschliche Ego geschrieben hatte. Im Unterschied zur Individualität verstand er das Ego als eine pathologische Struktur. Er schrieb: »Es ist das chronische Gefühl der Anstrengung, das wir als Ich betrachten.«

Wie ein dunkler Cellostrich tönte dieser Gedanke in mir nach, denn ich hörte wieder die tiefe Müdigkeit in der erschöpften Stimme meines Bruders. Das ganze letzte Jahrzehnt, in dem er um seinen erneuten Aufstieg und seine Rehabilitierung gekämpft hatte, war eine chronische Anstrengung gewesen. Er hatte sich nie wirklich entspannen können, weil nach den Maßstäben des Ichs ein erfülltes Leben, das den Namen Glück verdiente, erst in der Zukunft möglich war. Die Gegenwart trug den Makel der Vorläufigkeit. Sie war das, was überschritten und überwunden werden mußte, damit es irgendwann einmal wahre Gegenwart gab. Immer wieder hatte er geglaubt, dem Ziel nahe zu sein, und immer wieder waren neue Hindernisse aufgetaucht, und er hatte sich nicht anders zu helfen gewußt, als erneut die Peitsche zu schwingen und die angestrengt arbeitende Lebensmaschine, die er selbst war, in die Richtung der sich entziehenden Fata Morgana weiterzutreiben. Irgendwann, in Schüben wahrscheinlich, war unter diesem ständigen Druck das komplizierte Zusammenspiel des Organismus entgleist. Immer mehr Zellen gaben ihren Dienst in der Lebensordnung des Organismus auf und verfielen in ein formloses Wuchern, das wie eine dämonische Karikatur der zerstörerischen Egomanie erschien.

In einer neutralen Perspektive verlor sich dieses Drama. Krebs war nichts anderes als die Zunahme der Entropie, also ein Übergang von hochgradig unwahrscheinlichen Organisationsformen der Materie in einfachere und damit auch wahrscheinlichere Zustände. In Richard Dawkins Buch *Der blinde Uhrmacher*, einer brillanten Darstellung der darwinistischen Evolutionstheorie, hatte ich viele erstaunliche Beispiele für die hochentwickelte Kompliziertheit und Phantastik pflanzlicher und besonders tierischer Organismen gefunden. Im Vergleich mit Organisationsformen von Materie, die beispielsweise fliegen, schwimmen, laufen, graben, Nester bauen oder gar denken konnten, erschienen die Zustandsformen und Konglomerate der unbelebten Materie simpel und stabil und viel wahrscheinlicher. Von ihnen ging ein Sog aus, ein Zug nach unten in die Egalität des Todes, dem die Evolution mit der Hervorbringung immer neuer und immer komplexerer Lebewesen geantwortet hatte. Jede neue Lebensgestalt in der riesigen Artenvielfalt des Lebendigen konnte beschrieben werden als eine besondere Vorrichtung, dem Sog des Todes eine Weile zu widerstehen. »An der Abwehr des Todes muß man arbeiten«, schrieb Dawkins, und das hieß, die Organismen mußten ihre Differenz zur Umwelt verteidigen. Sie mußten beispielsweise in kalter Umgebung ihre spezifische Körperwärme und in trockner Umgebung den Flüssigkeitsgehalt ihrer Zellen aufrechterhalten. Gelang ihnen das nicht, dann erfroren oder verdursteten sie. Im Sterben verfiel ihre Differenz. Tote Organismen nahmen die Meßwerte ihrer Umgebung an und lösten sich allmählich in ihr auf.

In seinem berühmten Gedicht »Mann und Frau gehn durch die Krebsbaracke« hatte Gottfried Benn das Sterben genauso beschrieben. Es war die beginnende Verschmelzung der Organismen mit der unbelebten Natur.

Hier schwillt der Acker schon um jedes Bett.
Fleisch ebnet sich zu Land. Glut gibt sich fort.
Saft schickt sich an zu rinnen. Erde ruft.

Diese Gedichtzeilen waren mir bei meinen Besuchen in der Leukämiestation oft durch den Kopf gegangen. Nun hatte sich jener Satz von Alan Watts hinzugesellt, der das menschliche Ich, die Speerspitze in der Evolution des Lebens, als ein Gefühl chronischer Anstrengung beschrieb. Damit hatte er den Umkehrpunkt angedeutet, wo sich die ständige Selbstbehauptung und Expansion des Lebens in einen Wunsch nach Ruhe verwandelte. Wie das Leben seine Träume und Illusionen entwarf, so tat es auch das Sterben. Wenn die Kräfte zu Ende gingen, konnte der Gestaltverlust des Todes auch als ein versöhntes Loslassen und das Ende aller Mühen und Kämpfe erscheinen. Das glaubte ich für Augenblicke in der todmüden Stimme meines Bruders gehört zu haben.

Obwohl der Kranke von der Induktionstherapie noch sehr mitgenommen war und seine Überlebenschancen sich deutlich verringert hatten, überstand er auch die zweite Behandlung, die ein wenig sanfter als die erste war. Danach allerdings war er so geschwächt, daß die Ärzte ihm eine Erholungspause von mindestens fünf Wochen verordneten, bevor sie mit dem dritten und härtesten Angriff auf den Krebs beginnen wollten. Immerhin war diese längere Pause möglich geworden, weil zunächst einmal eine weitgehende Remission des Krebses erreicht worden war. Fünf Wochen Leben oder, wenn man das Wort qualitativ verstehen wollte, eine allmähliche Rückkehr ins Leben, das war eine ermutigende Perspektive, und sie wurde für meinen Bruder geradezu utopisch von der Tatsache überglänzt, daß die neue Wohnung in der Gentzgasse bezugsfertig war.

Die Wohnung in der Gatterburggasse, in der ich im Dezember gewohnt hatte, war inzwischen aufgelöst, die Büromöbel und die Akten waren in das Bürozimmer der neuen Wohnung gebracht worden. Aber H.s Umzug hatte sich verzögert, und so war die weiträumige Wohnung bis auf das Büro, die notdürftig eingerichtete Küche und das Badezimmer noch leer. Nur die smaragdgrüne Polstergarnitur aus Italien war vor zwei Tagen geliefert worden und bildete am Ende der Raumflucht eine verlorene Insel der Bewohnbarkeit.

Selbstverständlich hatte H. angenommen, der Kranke würde, elend, wie er war, so lange in ihrer Wohnung leben, bis sie zusammen mit ihren Söhnen und Herrn B. den Umzug in die Gentzgasse bewältigt hatte. Aber damit war er nicht einverstanden. Gegen alle Vorhaltungen und Vernunftgründe fuhr er von der Klinik aus sofort in die neue Wohnung und weigerte sich, sie wieder zu verlassen. Er übernachtete auf dem grünen Sofa, und am nächsten Morgen rief er mich von dort aus an.

»Ich bin in der Gentzgasse«, sagte er.

Ich war überrascht: durch die Tatsache, die er mir mitteilte und auf die ich nicht vorbereitet war, mehr aber noch durch einen Unterton in seiner Stimme, einem leisen Auftrumpfen, das zu sagen schien: »Siehst du, ich habe es geschafft«! Für einen Augenblick ließ dieser Tonfall die Möglichkeit eines Wunders aufleuchten, als habe er gesagt: »Ich bin gerettet.«

Ich weiß nicht, ob er es nicht vielleicht auch gedacht oder empfunden hat. Denn er war, jedenfalls räumlich, an den magischen Ort gelangt, der das Ziel seines langen Kampfes um Aufstieg und Rehabilitierung darstellte, und ich konnte ihm anmerken, daß ihm das neue Kräfte gab. Vielleicht wäre er wirklich gerettet gewesen, hätte er dieses Ziel ein Jahr früher erreicht.

Da es in der fast leeren Wohnung für H. keinen Schlafplatz gab und sie am nächsten Morgen früh in die Schule mußte, hatte sie ihn beschworen, wie beim letzten Mal mit ihr in ihre Wohnung zu kommen. Er hatte das abgelehnt und behauptet, er könne eine Nacht allein bleiben, ohne Betreuung und schnell erreichbare Hilfe und mit keinem anderen Hilfsmittel als dem schon angeschlossenen Telefon. Was sollte ihm schon passieren, nachdem er so viele Krisennächte überlebt hatte? Hier würde er nicht sterben, nicht in dieser Nacht.

Was aber suchte er in den leeren Räumen, vor deren Fenstern noch keine Vorhänge hingen? Er war zu schwach, um herumzugehen oder lange zu sitzen. So wird er sich auf sein Notlager gelegt haben, und bald danach hat er wohl auch das Licht ausgemacht. Nein, ich glaube nicht, daß er die Augen sofort geschlossen hat. Ich sehe ihn dort liegen, eingehüllt in warme Decken, den Kopf ein wenig zur Seite gedreht. Sein Schädel ist kahl und weiß. In dem mageren Gesicht sind vor allem die großen dunklen Augen und der Mund zu erkennen. Es ist eine ekstatische Maske, die keine Auskunft gibt. Ich kann mir nicht vorstellen, daß er einen Triumph empfindet, eher wohl ein staunendes, besessenes Sich-inne-sein, daß er hier ist, an seinem selbstgeschaffenen Wunschplatz in der Welt. Oft hat er gedacht, daß er nie in diese Wohnung einziehen würde, und jetzt ist er hier, zu schwach, zu elend, um wirklich glücklich zu sein. In fünf Wochen wird die letzte und schwerste Chemotherapie beginnen. Dann hat er nur noch eine zwanzigprozentige Überlebenschance. Er ist ein fast sicherer Todeskandidat. Das weiß er, während er in den dunklen, kahlen Raum starrt. Fünf Wochen soll er sich jetzt erholen, und es hatte schon einmal geheißen, in zwei, spätestens drei Wochen sei er tot. Er ist einen schweren Weg gegangen und hat sich einen Aufschub verschafft. Heute nacht will er glauben, fünf Wochen seien viel Zeit. Zeit vielleicht auch für ein Wunder. Obwohl auch dies schon ein Wunder ist, daß er hier liegt und dieses noch leere, unfertige Gehäuse ihn umschlossen hält und ihn auf geheimnisvolle Weise mit neuer Hoffnung erfüllt. Er weiß, der Tod ist ihm nahegerückt, nicht anders als der Nachthimmel, der in allen Fenstern steht. Doch jetzt, auf seinem inselhaften Lager, kann er sich abwenden und die Augen schließen. Zunächst einmal ist er hier.

Als er mich am Telefon mit dem Satz begrüßte: »Ich bin in der Gentzgasse«, war das ein Signal, mit dem er eine neue Phase seines Überlebenskampfes ankündigte. Körperlich ging es ihm schlechter als nach der ersten chemotherapeutischen Behandlung, als mich seine gebrochene, müde Stimme so erschreckt hatte. Er hatte weiter abgenommen und auch seine Haare verloren, so daß er inzwischen so aussehen mußte wie die lemurenhaften Gestalten, die mir bei meinem ersten Besuch auf dem Gang der Station begegnet waren. Was ihn von ihnen unterschied, war sein Selbstbehauptungswille. Nicht anders als Tiere, die ihr Revier verteidigen, schien er diese Kraft aus dem Ort zu gewinnen. Nachdem er den Umzug und die Einrichtung der Wohnung ungeduldig vorangetrieben hatte und H. nun bei ihm in der Gentzgasse lebte, begann er in seinem neuen Büro, zusammen mit Herrn B., dem er diktierte, täglich mehrere Stunden zu arbeiten, genauso wie er es sich vorgenommen hatte, als ich an seinem Krankenbett saß. »Ich muß bald wieder ans Arbeiten kommen«, hatte er damals immer wieder erklärt. Das hieß nicht nur, daß er dringend die Honorare brauche, die erst bei der Erfüllung der laufenden Verträge fällig wurden. Vor allem wollte er seine Auftraggeber und sich selbst davon überzeugen, daß er arbeitsfähig sei und Zukunft habe.

Für mich, der ich aus der Ferne seinen Anstrengungen zusah, wiederholten sich Taktiken und Tricks, die ich schon aus früheren Situationen kannte. Da ungewiß war, was seine deutsche Krankenkasse von den gewaltigen Kosten der Therapie und des Krankenhausaufenthaltes übernehmen würde, suchte er nach Möglichkeiten zu sparen, und er fand sie bei den sogenannten »Professionisten«, wie man in Wien die Handwerker nennt. Hartnäckig handelte er die Preise herunter, wenn er bei der Ausführung der Arbeiten einen Mangel entdeckte, und in zwei Fällen verschleppte und verschärfte er den Streit Schritt für Schritt bis zu der Weigerung, überhaupt etwas zu zahlen. Der Firma, die den Parkettfußboden verlegt hatte, erklärte er, diese Arbeit nehme er nicht an. Sie könne den ganzen Boden wieder herausreißen. Bestimmt wäre es nicht in seinem Sinne gewesen, wenn die Firma darauf eingegangen wäre. Doch in seinem Pokerspiel um Zeitgewinn und Geld ging er wie gewöhnlich jedes Risiko ein, um einen Vorteil zu gewinnen. In zwei Fällen kam es schließlich zum Prozeß. Er war damals schon nicht mehr verhandlungsfähig. Das war natürlich nicht sein Kalkül gewesen. Doch wenn sich seine Gegner genötigt sahen, ihre finanziellen Forderungen über ein Gericht einzutreiben, bedeutete das für ihn zunächst einmal, daß er bedrückende Belastungen von der Gegenwart auf die Zukunft verschoben hatte. Und wie immer glaubte er oder redete er sich ein, er könne in Zukunft besser mit den Problemen fertig werden, die er im Augenblick nicht lösen konnte.

Gut drei Wochen lang versetzte er die Wohnung in der Gentzgasse so in Unruhe, daß H., die sich auf ihren Unterricht vorbereiten mußte, nachmittags für Stunden in ihre Wohnung fuhr. Wegen der Ungewißheit der Zukunft hatte sie ihre alte Wohnung vorläufig behalten, und sehr zu seinem Ärger sagte sie, daß sie in der Gentzgasse nicht arbeiten könne. Er wollte sie ständig um sich haben. Sie dagegen brauchte den stundenweisen Rückzug in ihr altes, vertrautes Milieu. Und als er wieder in der Klinik lag, kehrte sie allmählich ganz dahin zurück.

Doch vorher gab es in der Geschichte seiner Krankheit noch eine andere Phase, die mir als die erstaunlichste erscheint. Auf den Rat der Ärzte, die mit seiner Erholung und besonders mit seiner geringen Gewichtzunahme unzufrieden waren, fuhr er für zwei Wochen nach Bad Tatzmannsdorf im Burgenland und mietete sich im dortigen Kurhotel ein. Außer leichten Massagen war ihm keine medizinische Behandlung verordnet worden. Er sollte nur regelmäßig essen, kleine Spaziergänge machen und viel ruhen. Was niemand wußte, weder H. noch ich – die Ärzte hatten ihm gesagt, daß der Krebs nach anfänglicher Remission wieder aufgetaucht sei. Nun stand ihm die dritte Chemotherapie bevor, und da sie die letzte Trumpfkarte der Medizin darstellte, sollte sie so massiv wie eben möglich sein, um alle Residuen des Krebses im Körper zu vernichten.

Da er nie etwas darüber erzählt hat, weiß ich nicht, wie ihn die Ärzte über das erneute Auftreten des Krebses informiert haben, vermute jedoch, sie haben wieder gesagt, es sei damit zu rechnen gewesen. Eine dritte Behandlung mit Zytostatika hatte der Therapieplan ja immer schon vorgesehen. Die Schreckensnachricht bestätigte also nur die medizinischen Voraussagen und stützte auf diese Weise die ärztliche Autorität. Vermutlich hat ein instinktives Schutzbedürfnis den Kranken daran gehindert, diesen Täuschungsmechanismus zu durchschauen.

Während der letzten Behandlungsphase hatte er sich bei H. über die mangelnde psychologische Betreuung durch die Ärzte beschwert. Als sie ihm aber anbot, sich bei einem onkologischen Beratungszentrum um einen psychologischen Betreuer und Gesprächspartner zu bemühen, wies er das genauso entschieden ab wie den Besuch des Krankenhauspfarrers. Das war dieselbe Abwehrhaltung, die auch unsere Gespräche gehemmt und eingeschränkt hatte. Er wollte wohl nicht genötigt werden, sich auf das Sterben vorzubereiten. Da war ihm die sachliche, instrumentelle Art, in der die Ärzte mit der Krankheit umgingen, am Ende doch lieber. Er mußte nur glauben können, daß sie kompetente Fachleute waren.

Er wußte, wie es um ihn stand. Er kannte die geringen Prozentzahlen der ihm verbleibenden Hoffnung. Doch er wollte dieses Wissen nicht in sein Inneres lassen und hielt den Tod in undeutlicher Distanz. Und dieses eigenartige Nebeneinander von Wissen und Doch-nicht-daran-glauben, das ja auch unser alltägliches Verhältnis zum Tode bestimmt, scheint mir eine der Voraussetzungen für die erstaunliche innere Ruhe gewesen zu sein, die er während der beiden Wochen in Tatzmannsdorf bei unseren Telefongesprächen ausstrahlte. Noch wesentlicher aber ist wohl, daß er mit dem Einzug in die neue Wohnung wenigstens symbolisch das Lebensziel der vergangenen Jahren erreicht hatte. Er hatte ein Zeichen gesetzt, wer er war und wie er gesehen werden wollte. Er hatte sich zu erkennen gegeben. Und wenn das auch nur ein Echo jener mächtigen Tendenz zur Selbstüberschreitung und Objektivierung war, die Menschen dazu treibt, kulturelle Werke und geschichtliche

Taten hervorzubringen und so im Gedächtnis anderer Menschen über den eigenen Tod hinauszuleben – für ihn war die Einrichtung der Wohnung kaum weniger wichtig. Es war seine Signatur, sein Fingerabdruck in der Welt, ähnlich wie die Hinterlassenschaft jenes legendären schottischen Weltreisenden, der überall, wo er gewesen ist, »Killroy was here« an die Wände geschrieben hat.

Wenn ich ihn während seines Aufenthaltes in Tatzmannsdorf abends im Hotel anrief und fragte, wie er sich fühle und wie er den Tag verbracht habe, dann bekam ich den Eindruck eines Menschen, der mit sich und seiner Situation im reinen war und friedlich und ohne Panik in den Tag hineinlebte. Er erzählte mir, daß ihm die Massagen guttäten und alle Leute sehr freundlich und hilfsbereit seien. Das Essen fand er vorzüglich, und er hatte sogar wieder etwas Appetit. Seine Tischgenossin war eine freundliche und sehr dicke Dame aus Wien, die selbst abnehmen wollte, aber ihn, den Abgemagerten, wie eine gütige und besorgte Mutter immer wieder sanft zum Essen ermunterte. Sie unterhielt ihn mit Erzählungen über ihren Hund. Er las viel Zeitung und saß am liebsten in der Hotelhalle, wo er das Kommen und Gehen der Menschen beobachten konnte. H. besuchte ihn, und auf seinen Vorschlag hin machten sie Würfelspiele, eine mir völlig fremde Beschäftigung, deren Regeln ich mir von ihm erläutern ließ, aber wieder vergessen habe. Wie jedes Glücksspiel war es ein Orakel, nur daß keiner die Antworten der Würfel verstand. Einmal spazierten sie zu einem nahegelegenen Freilichtmuseum, einer malerischen Ansammlung alter, dort wieder aufgebauter burgenländischer Bauernhäuser. Er kam erschöpft von diesem Spaziergang zurück, weil er einen geringfügig ansteigenden Weg hatte gehen müssen. Meistens verließ er das Kurhotel nur zu Spaziergängen durch den angrenzenden Park, schlief mittags nach dem Essen ein bis zwei Stunden und legte sich auch sonst manchmal hin, wenn er sich matt fühlte. Herr B. kam, fuhr ihn mit seinem Wagen zu Untersuchungen nach Wien und brachte ihn anschließend wieder nach Tatzmannsdorf zurück.

Daß der Krebs sich wieder gezeigt hatte, war ihm schon vor Beginn der Kur gesagt worden. Die neuen, schlimmeren Ergebnisse erfuhr er noch nicht. Er wirkte etwas gedämpft, aber Angst schien er nicht zu haben, auch nicht abends oder nachts, wenn er allein in seinem Zimmer war. Dankbarkeit für jeden Lebensaugenblick schien ihn zu erfüllen. So begrenzt, so eingeschränkt er auch war, es schien ihm nichts zu fehlen. Von Stunde zu Stunde war er damit beschäftigt, das Leben wahrzunehmen, als ob er es noch nie als Ganzes und im einzelnen gesehen hätte. Er sprach sich nicht darüber aus. Aber das wäre wohl auch weniger verläßlich gewesen als die einfachen und beiläufigen Sätze, mit denen er mich wissen ließ, er genieße seine kleinen Spaziergänge durch den Park, schaue sich gerne die Menschen an, er habe lange Zeitung gelesen oder auf seinem Bett gelegen und sich entspannt.

Der Tod schien verblaßt zu sein, nicht, weil er nicht mehr wußte, daß er ihm mit achtzig Prozent Gewißheit bevorstand, sondern weil er so völlig davon eingenommen war, das Leben in sich aufzunehmen, daß nicht einmal die Nähe des Todes ihn davon ablenken konnte. Er lebte jetzt. Und das Jetzt war nicht das flüchtige Nichts der immer nur vorläufigen, immer schon entwerteten Gegenwart in einer stets auf ferne, imaginäre Ziele hingespannten Zeit, sondern glich eher der erfüllten, zeitvergessenen Gegenwart eines spielenden Kindes, das nicht an Morgen und schon gar nicht an ein Ende denkt. Natürlich lastete das Gewicht seiner Krankheit auf ihm, und so wirkte er vermutlich still, gebremst und vielleicht auch umhüllt von Einsamkeit und Wehmut, wenn man ihn bei seinen kurzen, langsamen Spaziergängen im Kurpark sah. Aber er war jetzt ein Mensch, dessen innere Sperren sich gelöst hatten und der offen war für alles, was er lange übersehen hatte. Er sah nichts Neues. Es war das Alltägliche, Immer-schon-Dagewesene und Bekannte, dem er seine Aufmerksamkeit zuwandte, doch nach allem, was er mit sparsamen Worten darüber sagte, schien er davon erfüllt und auf selbstlose Weise beglückt zu sein.

Eines Morgens brach dann alles zusammen. Er schnitt sich beim Rasieren, und das Blut, das sofort aus der Wunde quoll, ließ sich kaum noch stillen. Der Boden wankte unter seinen Füßen, als er dieses Alarmzeichen aus dem Inneren seines Körpers sah. Der Krebs hatte für ihn in den letzten Wochen trotz der neuen Befunde die verminderte Wirklichkeit eines Hausbewohners bekommen, den man längere Zeit nicht gesehen und nicht gehört hat. Plötzlich war er nun wieder da und klopfte an alle Wohnungstüren, um zu verkünden, das Haus gehöre jetzt ihm und werde in Kürze abgerissen.

Als das rote Rinnsal über seine Wange lief und sofort wiederkam, so oft er es wegtupfte, muß ihn die blanke Todesangst gepackt haben. Ich weiß nicht, ob er überhaupt noch gefrühstückt hat. Jedenfalls brach er noch an diesem Morgen seinen Kuraufenthalt ab. Und obwohl er eigentlich nicht fahrtüchtig war, hatte er nicht die Geduld, sich aus Wien abholen zu lassen, sondern setzte sich selbst ans Lenkrad. Es war seine letzte Autofahrt.

Was wird ihm in den knapp zwei Stunden alles durch den Kopf gegangen sein? Hat er vielleicht daran gedacht, weiterzufahren, immer weiter, um eine Weile glauben zu können, er sei aus seinem verwirkten Leben entkommen und vorübergehend unauffindbar geworden für den Tod? Oder riefen ihm vorbeihuschende Alleebäume und Masten zu, er brauche nur das Gaspedal durchzutreten und das Lenkrad zu verreißen, dann sei alles vorbei? Oder ließ er sich einhüllen von dem vertrauten Motorgeräusch? Kam ihm das Fahren wie seine Rettung vor? Träumte er, daß er die Dinge in der Hand hatte und seinem Ziel näherkam? War er abwesend, war er wach? Fuhr er mit klarem Bewußtsein auf sein Ende zu? Anderthalb Stunden sind viel Zeit, und sie sind wie nichts. Aber das läßt sich ja auch vom ganzen Leben sagen. Nichts von dem, was in ihm vorgegangen ist, hat er nachher erkennen lassen, außer einem gewissen Stolz, es allein geschafft zu haben, ohne Hilfe. Er, der sich inzwischen mit der gespenstischen Langsamkeit eines Schwerkranken bewegte, wird gefahren sein wie immer.

In Wien fuhr er unverzüglich in die Klinik. Die Ärzte sagten ihm, er solle gleich dableiben oder schnell wiederkommen. Er brauche dringend eine Bluttransfusion. Auch neue Untersuchungen waren fällig, und nach Möglichkeit wolle man bald mit der dritten Chemotherapie beginnen. Ich konnte seinem knappen Bericht nicht entnehmen, ob ihn diese Reaktion erschreckt hat. Eher war er wohl beruhigt, daß die medizinische Maschinerie so schnell in Gang kam.

Er fuhr in die Gentzgasse und rief mich von dort an, um mich über den Stand der Dinge zu unterrichten. »Kommt doch bitte«, sagte er, »du und Maria, ihr könnt jetzt allein in der Gentzgasse wohnen«. Er empfahl uns das sehr. Wir würden seine ersten Gäste sein. Es würde uns gefallen.

Dann sagte er noch: »Bitte, kommt schnell. Damit wir noch etwas voneinander haben, bevor die Behandlung beginnt.«

»Ja«, sagte ich. »Ich telefoniere gleich mit dem Reisebüro. Wir kommen sofort. Ich rufe dich wieder an.«

»Ist gut«, sagte er. »Danke.«

Er gebrauchte keine Formeln wie »vielleicht ein letztes Mal«, »wer weiß?«. Er mied solche Worte. Aber das war es, wovon er gesprochen hatte.

In den tiefsten Keller

Dieser zweite Krankenbesuch, diesmal in Begleitung meiner Frau, wurde begrenzt durch eine bevorstehende Lesereise, die sich nicht absagen oder verschieben ließ. So konnten wir nur fünf Tage in Wien bleiben. Obwohl ich das genau anhand meines Kalenders sagen kann, habe ich kein deutliches Gefühl für die Zeit behalten, die wir dort verbrachten. Sie scheint zugleich lang und kurz gewesen zu sein und stellt sich in meiner Erinnerung nicht als ein fortlaufendes Geschehen dar, sondern zerfällt in einzelne Augenblicke und Szenen, die grell aus einer eingeebneten Zeit hervorragen.

Als wir ankamen, hatte die chemotherapeutische Behandlung noch nicht begonnen. Der Kranke wurde noch untersucht und durch Transfusionen und andere Stützungsmaßnahmen auf die extremen Belastungen der bevorstehenden Therapie vorbereitet. Diesmal hieß es alles oder nichts, denn diese dritte Behandlungsphase war die letzte Chance, dem Krebs einen entscheidenden Schlag zu versetzen.

Wie weit man gehen konnte, war ungewiß. Zwischen der bisher üblichen Höchstdosierung, von den Ärzten »maximal tolerable Dosis« oder kurz MTD genannt, und der Todeslinie, die noch kürzer LD oder »letale Dosis« hieß, gab es offenbar doch noch eine mehr oder minder schmale Sicherheits- oder Tabuzone, die, wenn es um Tod oder Leben ging, zu therapeutischen Spekulationen und Versuchen herausforderte. Alle Patienten waren schließlich verschieden. Viele starben schon in den ersten beiden Behandlungsphasen. Andere überstanden mit der Aussicht auf ein mehrjähriges Überleben eine vielfache Dosierung, nachdem die vorsichtigeren Dosierungen, mit denen man begonnen hatte, erfolglos geblieben waren. Wie weit also konnte man gehen, wenn die Alternative der baldige Tod war? LD 50 hieß in der Sprache der Biostatistik eine Dosierung, bei der 50 Prozent der Versuchstiere oder der Patienten starben: eine erschreckende Zahl. Aber war angesichts einer hundertprozentigen Todesgewißheit nicht sogar eine Dosis von LD 90 noch erwägenswert?

In den letzten Jahren hatte es in einigen deutschen Krebszentren und auch in amerikanischen und kanadischen Kliniken bei »terminalen Patienten«, wie die Todgeweihten heißen, Versuche mit extremen Dosierungen gegeben, die die sogenannte Normaldosis bis zum Sechsfachen überstiegen. Ich kenne die Ergebnisse nicht. Anscheinend waren sie nicht so, daß sich ihre Diskussion von vorneherein verbot. Während mein Bruder auf den Beginn seiner Behandlung wartete, fand zwischen Wien, der Universitätsklinik in Münster und einem anderen deutschen Krebszentrum ein Informationsaustausch darüber statt, was man in diesem Fall therapeutisch noch unternehmen könne. Ein ärztlicher Krisenstab hatte sich telefonisch zusammengefunden, denn der Krebs, der sich an jenem Morgen im Hotel in Tatzmannsdorf mit der kaum zu stillenden Blutung wieder gezeigt hatte, breitete sich inzwischen wohl so stürmisch aus, daß nur ein medizinischer Katastropheneinsatz noch sinnvoll erschien.

Ich bekam das nur zensiert und bruchstückhaft mit. Mein Bruder und H. berichteten mir, was die Ärzte mit ihnen besprochen hatten. Das waren natürlich auch schon kontrollierte Äußerungen gewesen. Einmal gelang es mir, einen der behandelnden Ärzte im Gang vor dem Krankenzimmer ins Gespräch zu ziehen. Er gab mir umrißhaft Auskunft, vermied es aber, sich bei der Einschätzung von Risiken und Chancen festzulegen. Nicht einmal von der zwanzigprozentigen Überlebenschance wollte er noch reden. Sein Fazit war, daß man alles versuchen werde.

H. hat mir später geschrieben, mein Bruder habe die radikalste Therapie, die die Ärzte ihm vorschlugen, abgelehnt. Ich dagegen habe in Erinnerung, daß er sich für eine Kur auf Biegen und Brechen entschieden hat. Sicher ist jedenfalls, daß der Chefarzt am letzten Tag vor dem Beginn der Chemotherapie bei der Visite zu ihm gesagt hat: »Sie kommen morgen in den tiefsten Keller, den ich habe. Und dann holen wir Sie Schritt für Schritt wieder herauf.«

»Du kommst in den tiefsten Keller, den ich habe.« Mit dieser geringen Veränderung wird der Satz des Arztes zu der unheimlichen Drohung eines bösen Königs oder Hexenmeisters in einem finsteren Märchen. Alle Schrecken der Kindheit tönen darin nach. Der Keller ist ein Verlies, eine Folterkammer, dunkler Ort hoffnungsloser Einsamkeit unter der Erde, wo einen niemand findet und niemand einen hören kann. Der Keller ist die Vorahnung des Grabes.

Auch der Chefarzt hatte vom Vorraum des Todes gesprochen, als er das Bild des tiefsten Kellers für die bevorstehende Therapie wählte. Er hatte den Kranken nicht erschrekken wollen, sondern hatte ihm einzuprägen versucht, daß der Einfluß der Medizin bis in diese dunklen Tiefen reiche und er auch dort noch in der Obhut der Ärzte sei. Doch warum drückte er sich so getragen aus, mit dem schweren

Pathos eines priesterlichen Stils? Klang da das Gefühl mit, daß etwas Großes und Bedeutendes geschah: eine Opferhandlung im Dienst der Medizin, ein mythisches Ritual um Tod und Auferstehung? Der Arzt war, umgeben von seinem Stab, an das Bett des Kranken getreten und hatte sich zu ihm hinabgebeugt. Und indem er leicht die auf der Dekke liegende Hand ergriff, sagte er die beiden Sätze. Es war eine mutmachende solidarische Geste, und auch eine Auszeichnung und, ich glaube, eine unbewußt vollzogene Weihehandlung. Denn ohne daß er es ausdrücklich so gedacht haben wird, sagte er zu dem Kranken: Du bist jetzt der auserwählte Held, der sieben Tage und sieben Nächte immer tiefer hinabsteigen muß in die Totenwelt. Und dann kannst du versuchen, von dort ins Leben zurückzukehren. Einen anderen Weg gibt es nicht. Aber denk daran, wir sind die freundlichen Mächte, die dir bei deiner schwierigen Rückkehr beistehen werden.

Auch wenn sie unbewußt gebraucht werden, geht von solchen alten Sinnbildern und Beschwörungen eine Kraft aus, denn sie ordnen das Geschehen und das Bewußtsein des Kranken und verleihen seiner Hoffnung Standfestigkeit. Meinen Bruder jedenfalls schienen diese Worte mehr ermutigt als erschreckt zu haben. Sie wiesen ihm eine Rolle zu, die zu ihm paßte. Weder er noch vermutlich der Arzt hörten aus den beiden Sätzen den zweiten, verborgenen Sinn heraus, der nach alter Erfahrung die Weissagung ist. Der tiefste Keller, den der Arzt hatte, war der Leichenkeller.

Die Tage vor dem Beginn der Therapie, von der alles abhing und mit der vielleicht alles zu Ende ging, waren ein Gang über dünnes Eis. Man bewegt sich vorsichtig, wenn man glaubt, ein Knistern zu hören. Man achtet auf Risse und dunkle Stellen. Aber es soll aussehen, als bewege man sich normal.

Meine Frau und ich sind seit einer Stunde mit dem Kranken allein im Zimmer, weil der zweite Patient, ein Lehrer aus dem Burgenland, der eine leichtere Form von Leukämie hat, am Vormittag vorläufig entlassen worden ist. Seine Frau hat ihn abgeholt. Sie haben sich verabschiedet. Unverhohlen glücklich sind sie gegangen. Seitdem bemühen wir uns um ein unverfängliches Gespräch. Wir reden über die Schiele-Ausstellung, in der wir gestern gewesen sind, und dann kommen wir auf das Jugendstilhaus in der Nähe des Stefansdoms, das wir uns auf Drängen meines Bruders angesehen haben, das Haus, in dem er und sein Geschäftspartner eine Büroetage ausbauen wollen. Das ist ein heikles Thema, denn es handelt sich um das letzte Glied in der langen Kette der Überforderungen, unter deren wachsendem Gewicht er schließlich zusammengebrochen ist, und selbst wenn er überleben sollte, wird er nie mehr das Geld aufbringen können, um den ehrgeizigen, anspruchsvollen Plan zu verwirklichen. Vermutlich hätte er es bei all seinen Belastungen auch ohne die Krankheit nicht schaffen können.

Aber mit dem Recht des Kranken auf Schonung und Ermutigung nötigt er uns ein quälendes Scheingespräch über die Nebenumstände dieses Planes auf. Wir sprechen über die Lage, die Fassade und den Grundriß des Hauses, als ob alles andere längst ausgemacht und geregelt sei. Das kommt mir so vor, als übe er einen subtilen Terror aus. Er weiß doch, wie die Dinge stehen, und er muß wissen, daß wir es wissen. Was für einen Gewinn kann er aus einem solchen Gespräch noch ziehen?

Er wirkt nicht mehr so aufgewühlt wie bei meinem ersten Besuch, wird nicht zusammenbrechen wie bei unserem ersten Gespräch. Um der Verzweiflung zu entgehen, hat er sich an seine verzweifelte Lage angepaßt. Die medizinischen Entscheidungen sind getroffen. Nun lebt er hier seinen Alltag und verbringt die ihm verbleibende Zeit. Jetzt läßt er sich die entzündungshemmenden Sprays und Cremes und einen Handspiegel geben und beginnt mit seiner Mundpflege. Wir wissen nichts anderes zu tun, als ihm zuzuschauen. Danach bittet er um die Hausschuhe und seinen Bademantel. Er will zur Toilette gehen. Wie er aufsteht, sehen wir seine mageren Beine. Er wirft einen kurzen Blick in den Spiegel und schaut wieder weg. Er hat schon genug gesehen. Das Gesicht ist eingefallen und von Leidensspuren gekerbt, der Schädel wird überzogen von einem mißfarbenen, pelzigen Flaum. Er hat es gesehen, ohne Beschönigung. Er hat sich diesem befremdlichen Anblick gestellt und sich schweigend abgewandt, denn was für einen Sinn kann es noch haben zu klagen? Ohne ein Wort geht er aus dem Zimmer. Wir schauen uns an. »Was für ein Elend«, sagt meine Frau.

Nach einer Weile kommt er zurück, erschöpft und schwindelig. Wir helfen ihm, sich hinzulegen, decken ihn zu. Man muß ihn vorsichtig anfassen, damit sich keine Hämatome bilden. Er hat die Augen geschlossen, es zeigt sich schon das spitze Totengesicht. Die eigene Schwere hat die erschlaffte Haut nach hinten gezogen, und man erkennt deutlich das knöcherne Schädelgerüst. Er liegt wie aufgebahrt da, ohne Regung, den Mund leicht geöffnet, ohne daß er zu atmen scheint. Gelähmt sitzen wir bei ihm und schauen ihn an. Spürt er das? Nervosität huscht über seine geschlossenen Lider. Er schluckt und schlägt die Augen auf. Sein Blick ruht auf uns, ein schwerer, stiller, unverständlicher Blick. »Wie geht's dir?« frage ich. Er antwortet nicht, schürzt nur verächtlich die Lippen. Es soll wohl heißen: dreckig und nicht der Rede wert. Dann will er etwas zu trinken haben, und allmählich scheint der Schwächeanfall vorüberzugehen. »Morgen abend lade ich euch zum Essen ein«, sagt er. Eigentlich hätte er das heute schon tun wollen. Die Ärzte hatten ihm das zugesagt, aber es fehlt ihm noch eine Bluttransfusion. Wir haben jetzt ein Gesprächsthema: den morgigen Abend. Er erzählt uns, in welches Restaurant wir gehen werden. Man kennt ihn dort von den Geschäftsessen, die er gegeben hat.

Plötzlich geht die Tür auf, und eine ältere Krankenschwester kommt mit einem kurzen Gruß herein, um das freigewordene Bett zu beziehen. Sie ist eine robuste, zupackende Frau mit jahrzehntelanger Berufserfahrung. Jeder ihrer Handgriffe sitzt. Beiläufig fragt sie meinen Bruder: »Bei Ihnen beginnt doch morgen die dritte?« Protestierend sagt er: »Nein, nein, übermorgen!« Sie nimmt es zur Kenntnis, hat es bloß nicht genau gewußt, weil sie einen Tag dienstfrei hatte. Auch sein Bett will sie noch glattziehen. Er muß sich solange auf den Stuhl setzen. Zusammengesunken sitzt er da. »Schaff ich das, Schwester?« fragt er. Ohne ihre Arbeit zu unterbrechen, antwortet sie: »Sie schaffen das. Sie sind ein Kämpfer.« Sie hilft ihm vom Stuhl in das gemachte Bett zurück. »Manchmal glaube ich, das Kämpfen nützt gar nichts«, sagt er leise. Was soll sie darauf antworten? Sie hat so viele Menschen sterben sehen, und fast alle haben sie solche unbeantwortbaren Fragen gestellt. So sagt sie nur noch einmal: »Sie schaffen das«, und geht hinaus. Wir nehmen wieder unsere Plätze neben seinem Bett ein. Wie sollen wir jetzt weitermachen?

Das Mittagessen haben wir noch abgewartet, um ihm behilflich zu sein. Er hat sich eine Weile abgequält, seine Portion zum größeren Teil aufzuessen, aber dann hat er den Kopf geschüttelt und uns das Tablett mit dem fast vollen Teller hingehalten, damit wir ihn davon befreiten. Der dunstige Geruch des Essens einer Massenküche erfüllte das Zimmer, und es war schwer erträglich, daß man nicht wenigstens eine Minute lüften konnte. Schließlich sind wir selbst zum Essen in die Innenstadt gefahren und haben uns danach in den Parkanlagen zwischen Hofburg und Burgtheater auf eine Bank gesetzt.

Es ist Anfang April, ein heiterer Frühlingstag. Das Licht glänzt auf den Stämmen der Bäume und der feuchten Erde, und ein kräftiger grüner Flor knospender Blätter durchwirkt die Büsche. Dazwischen leuchtet überall das Goldgelb der Forsythien. Wir sitzen hier, ohne zu reden, die Gesichter in der milden Sonnenwärme. Beide denken wir an ihn, der wahrscheinlich nie wieder hierherkommen wird. Aber wir können uns noch nicht entschließen, ins Krankenhaus zurückzugehen. »Laß uns noch irgendwo Kaffee trinken«, schlage ich vor.

Über zwei Stunden sind wir weggewesen. Er erwartet uns schon. Er will aufstehen und mit uns auf den Gang gehen, als wolle auch er einen kleinen Ausflug machen.

»Wo seid ihr gewesen?« fragt er, und es hört sich an, als müßten wir uns schuldig fühlen. Ja, vielleicht müssen wir es. Wir haben ihn mit dem Frühling betrogen. Beide bemühen wir uns, beiläufig über unsere Mittagspause zu sprechen. »Wir haben im Volksgarten auf der Bank gesessen. In der Sonne war es schon angenehm warm.«

Er fühlt sich vermutlich ausgeschlossen von unseren

kleinen Alltagserlebnissen in der Außenwelt und schweigt dazu. Es wäre gut, ein Gesprächsthema zu finden, an dem er sich beteiligen kann. Zu dritt sitzen wir auf einer Bank und müssen versuchen, irgendeine Konversation zu machen, um ihn abzulenken. Er weiß, daß er ein Anrecht hat, von uns unterhalten zu werden, denn er fragt mit einem gereizten Unterton: »Was habt ihr denn eigentlich erlebt?« Ich kann nicht antworten: »Den Frühling, die sich belebende Natur, die Menschen, die diesen Aufbruch spüren.« Und so beginne ich von der fünfzig Meter langen Plakatwand zu sprechen, die sich zwischen der Straßenbahnhaltestelle und dem Eingang zum Krankenhaus an der Straße entlangzieht. Es sind die bunten Großplakate der Zigarettenwerbung, der Getränkeindustrie, der Autofirmen, unterbrochen durch Werbebilder für Möbel, Waschmaschinen, Damenwäsche, Mode, Elektronik, Fluglinien und Reiseziele, alle in so typischen Inszenierungen, daß ich meinen kleinen Bericht mit dem Satz beschließe: »Man könnte da auf der Straße ein Seminar über die Ästhetik der Werbung abhalten.«

Anscheinend habe ich etwas Falsches gesagt, denn er fährt mich wütend an: »Ästhetik der Werbung – was ist denn das für ein Blödsinn! Das gibt es doch überhaupt nicht.«

»Wie kommst du denn darauf?« frage ich erstaunt zurück.

»Werbung hat was mit Wirkung zu tun, aber nichts mit Ästhetik. Das ist eine Sache der Kunst.«

Ich merke ihm an, daß er Streit sucht. Irgendeine Spannung hat sich in ihm aufgebaut, und er hat sich blind auf dieses Thema gestürzt, um sich mit mir auseinanderzusetzen. Es ist dieser alte Kampf um die Rangordnung, der immer wieder zwischen uns aufflackert. Doch er ist ein todkranker Mann, und ich will nicht, daß er sich erregt, nicht mehr, als er es schon ist.

»Gut«, sage ich, »man muß unterscheiden, obwohl es natürlich zwischen Kunst und Werbung auch Vergleichbares gibt. Aber ich habe ja den Genetiv gebraucht: Ästhetik der Werbung. Das ist ja eine Einschränkung. Man könnte auch von der Ästhetik des gedeckten Tisches sprechen.«

»Quatsch«, sagt er. »Kunst ist etwas ganz anderes. Und Ästhetik auch.«

Ein Gefühl der Sinnlosigkeit beschleicht mich. Er will recht behalten. Er will mich kränken. Doch es ist noch etwas anderes im Spiel. Er schlägt mir die hoheitsvolle Exklusivität der Kunst um die Ohren, als wolle er mir klarmachen, daß er, der Geschäftsmann, inzwischen der bessere Anwalt meiner Sache sei.

»Hör mal«, sage ich, »wir brauchen uns nicht darüber zu streiten. Es ist alles nur eine Definitionsfrage.«

Ich erwarte, daß er aufbraust, und bin entschlossen, mich nicht provozieren zu lassen. Ich werde dieses Gespräch abbrechen und von irgend etwas anderem zu reden beginnen. Vielleicht doch vom Frühling im Volksgarten. Oder ich werde ihn einfach fragen, wann H. heute ins Krankenhaus kommt. Aber er schaut mich gar nicht mehr an. Sein Blick geht über meine Schulter hinweg und starrt auf irgend etwas Befremdliches, das hinter mir im Gang zu sehen ist und seine ganze Aufmerksamkeit auf sich zieht.

»So wird man hier rausgefahren«, sagt er.

Jetzt erst sehe ich, was es ist. Zwei bärtige Männer mittleren Alters fahren auf einer flachen Lafette zum Greifen nah einen Sarg an uns vorbei. Es ist kein Sarg, wie man ihn auf Beerdigungen sieht, sondern eine dunkelgraue, ziemlich abgestoßene Holzkiste, die wahrscheinlich, gemäß der Vorschrift für Leichentransporte, innen einen Zinksarg enthält. Alle sind wir verstummt, als das Gefährt in seiner plumpen Schäbigkeit an uns vorbeirollt und ein Stück weiter von einer Krankenschwester empfangen wird, die vor einer Zimmertür gewartet hat. Das ist also das Sterbezimmer. Sie öffnet die Tür, und die Männer dirigieren das Fahrgestell mit dem Sarg in das Zimmer hinein.

»Wenn die gleich wieder rauskommen, liegt jemand drin«, sagt mein Bruder neben mir.

Es dauert eine Weile. Man ist versucht, sich die Handgriffe der zwei Männer dort in dem Zimmer vorzustellen. Vielleicht sind es dieselben Griffe, die man im Erste-Hilfe-Kurs für das Anheben und Tragen von Verletzten lernt. Aber Leichen sind Gegenstände. Man kann anders mit ihnen umgehen. Vielleicht zieht man dazu auch Handschuhe an.

Da kommen sie wieder. Zuerst die Schwester, die in der anderen Richtung weggeht, ohne sich noch einmal umzudrehen, und dann die beiden Männer mit dem Sarg. Es sieht so aus, als sei das Gefährt jetzt schwerer zu lenken, aber vielleicht gehen sie nur behutsamer damit um.

Jetzt kommen sie wieder auf uns zu. Der dunkelgraue Kasten sieht bedrohlich aus, denn darin liegt jemand. Muß man aufstehen, seinen Blick senken? Wir haben keine Gesten für diesen Augenblick. Es ist ein alltäglicher Vorgang und soll so genommen werden. Gerade deshalb haftet ihm in meinem Gefühl etwas düster Kriminelles an. Unabweisbar ist der Gedanke, daß auch mein Bruder, der noch zwischen uns auf dieser Bank sitzt, bald in einem solchen Kasten hinausgefahren wird. Zu dritt starren wir hinter dem Transport her und sehen zu, wie die Männer ihre Fracht durch die Schwingtür schieben, die hinter ihnen zuschlägt und die Erscheinung auslöscht. Wenige Schritte weiter ist der Lastenaufzug, mit dem sie in das unterste Kellergeschoß fahren, in den Kühlraum für die Leichen. Noch steht der gespenstische Nachhall dieser Szene aus. Erst am nächsten Vormittag, bei der täglichen Visite, wird sich der Chefarzt zu dem Kranken hinabbeugen und sagen: »Sie kommen morgen in den tiefsten Keller, den ich habe.«

Auch die stärksten Zeichen verblassen, wenn sie aus dem Blick geraten. Als die Schwingtür stillstand, hinter der der Sargtransport verschwunden war, lösten wir uns aus unserer Erstarrung und fanden gemeinsam zu einer Unterhaltung zurück. Wir wechselten nicht einmal das Thema, sondern sprachen eine Weile in betonter Sachlichkeit über Hygienevorschriften, Sterbehäufigkeit und den Lebens- und Todesalltag der Station. Mein Bruder beteiligte sich daran. Und dann, wie mit einem entschlossenen Ruck, lösten wir uns davon und sprachen über den morgigen Abend und das geplante Essen, zu dem er uns eingeladen hatte.

Er war plötzlich wieder müde und mußte sich hinlegen. Fiebermessen war fällig. Das Abendessen wurde hereingerollt. Kurz danach kam H., eilig und ein wenig verspätet, um uns abzulösen. Sie gab sich lebhaft und unbefangen, wirkte aber nervös und ängstlich. Ich glaubte ihr anzumerken, daß sie sich davor fürchtete, mit dem Kranken allein zu sein. Sie hatte unerfreuliche Post mitgebracht, Mahnbriefe von Firmen, die am Ausbau der Wohnung beteiligt waren, und irgendeine neue Rückfrage der Krankenkasse, die bei der Erstattung der Arzthonorare, Behandlungskosten und der Tagessätze des Krankenhauses immer noch Schwierigkeiten machte. Das Gesicht des Kranken verdüsterte sich, während er die Briefe überflog und dann in die Umschläge zurücksteckte und neben sich auf den Nachttisch legte. Unterdessen unterhielt sich H. mit uns darüber, wie wir den Abend verbringen wollten. An unserem ersten Abend in Wien waren wir bei ihr zu Gast gewesen, und für morgen stand, wenn alles gutging, unser Abendessen zu viert auf dem Plan. So blieb mir nur dieser Abend und vielleicht der Vormittag für eine unaufschiebbare Terminarbeit, zu der ich wegen unserer plötzlichen Abreise nach Wien nicht mehr gekommen war.

Ich erzählte das H., ohne meinen Bruder darauf vorbereitet zu haben. Ich hatte es vorgehabt, aber unser lächerlicher Streit über die Ästhetik der Werbung und der plötzlich vorbeifahrende Sarg hatten meine Absicht durchkreuzt. Und so überrumpelte ich ihn jetzt beim Abschied mit der Mitteilung, daß wir morgen wahrscheinlich erst im Laufe des Nachmittags ins Krankenhaus kämen. Er nickte nur, stellte keine Fragen, starrte vor sich hin. Ich hatte den Eindruck, daß die kleine Enttäuschung, die ich ihm bereitete, die Last verstärkte, die ihm H. mit den drei Briefen aufs Bett gelegt hatte.

Wir gingen. Wie immer mit dem Gefühl des Entkommens. Wie immer mit einem leisen Schuldgefühl. Als wir das Haus verlassen hatten, roch die Welt wieder nach Frühling.

Das Band zerreisst

Ich war müde an diesem Abend, innerlich abgenutzt von den vielen Stunden im Krankenhaus, und wenn es nach meinen Bedürfnissen gegangen wäre, hätte ich mich nach dem Abendessen vors Fernsehen gesetzt, um mir irgendeine zufällige Sendung anzusehen, so wie bei meinem ersten Krankenbesuch im vergangenen Dezember, als ich die Folge über die Adventsbräuche österreichischer Landschaften abends über mich ergehen ließ. Aber ich mußte meinen Aufsatz termingerecht abliefern, da es sich um den Beitrag für eine Serie des ZEIT-Magazins, und zwar um deren fest datierte hundertste Folge, handelte: Schriftsteller und Künstler aller Sparten äußerten sich darin über ein Kunstwerk ihrer Wahl, sei es, daß sie es liebten oder hochschätzten oder aus irgendeinem Grund besonders interessant fanden.

Einen Aufsatz über Gegenstände der Kunst aus intim persönlicher Perspektive zu schreiben ist, entgegen der Annahme, daß das Persönliche und Subjektive das Leichte sei, ein schwieriges Unterfangen. Man muß Glück haben und die richtige Wahl treffen und in einer gelösten intuitiven Verfassung sein. Und da bei solchen Auftragsarbeiten meistens auch der Umfang eng und streng begrenzt ist, kann man sich nicht an das Thema heranschreiben, sondern muß wie im Flug in das Zentrum der Sache und den besonderen perspektivischen Punkt des eigenen Blickes gelangen.

Ich hatte an diesem Abend schlechte Bedingungen: ein ungewohnter Arbeitsplatz und ein Termin, der mich nötigte, auf Biegen oder Brechen mit dem Aufsatz fertig zu werden. Dabei war ich müde und erschöpft und innerlich angespannt. Und außerdem hatte ich mir meine Aufgabe durch einen nachträglichen Wechsel des Themas schwerer gemacht.

Ursprünglich hatte ich über Renoirs Bild »Ansteigender Wiesenpfad« aus dem Jahre 1880 schreiben wollen, vielleicht kein ganz großes Meisterwerk der Malerei, aber dank seiner Natürlichkeit und Lebensverliebtheit ein Bild von großem Charme und für mich ein Flug- und Schweberaum zahlreicher schöner Erinnerungen. Vier kleine menschliche Figuren, Damen mit Sonnenschirmen und ein kleines Mädchen, alle in sonntäglichen Kleidern, kommen durch eine ungemähte, von einigen Obstbäumen bestandene Wiese über einen schmalen Pfad einen Hang herunter. Eine junge Frau und das Kind sind schon fast unten angekommen, die beiden anderen Frauen haben gerade den Kamm der kleinen Anhöhe überschritten und treten aus dem diffusen Licht hervor, in das der Betrachter des Bildes hineinblickt. Die strahlende Helligkeit löst die Umrisse der vier Personen auf, so daß sie, bis zu den Knien oder Hüften von dem hohen Gras und Inseln roter Mohnblumen umschlossen, selbst wie blühende Gewächse der Wiese erscheinen, die als ein duftiger grüner Schaum den ganzen Hang überzieht und bis vor die Füße des unsichtbaren Betrachters treibt.

Ich liebe dieses Bild wegen seiner heiteren, paradiesischen Stimmung, die mich an Ferientage meiner Kindheit denken läßt. Wir sind aufs Land gefahren, in die »Sommerfrische«, wie man damals sagte, vermutlich in den Westerwald, in den dreißiger Jahren schon eine respektable Ferienreise. Wie alt bin ich? Acht Jahre, zehn, zwölf? In meiner Erinnerung sind die verschiedenen Ferienaufenthalte zu einem einzigen verschmolzen, und die vertrauten Menschen dieser Jahre bewegen sich darin wie in einem farbig leuchtenden Fluidum. Die Eltern sind da. Auch mein Bruder ist dabei, ein kleiner Junge, der sich mir anschließen will. Und Friedel, meine Patentante, damals eine Frau von noch nicht vierzig Jahren, die kein glückliches, kein einfaches Leben hatte. Ihre naive, lerchenhafte Seele schwang sich immer wieder daraus empor. Bei unseren Spaziergängen in der sommerlichen Landschaft konnte sie plötzlich zu singen beginnen, mit einer jugendlichen Stimme, unvollständigen Liedtexten und vielen übermütigen Tremolos.

Auch dieser Gesang ist für mich ein Element des Vergangenheitsaromas, das mich aus Renoirs Bild anweht und in die Sommer meiner Kindheit gleiten läßt und ebenso unversehens von dort in das Bild zurück. Denn von heute aus scheinen beide Zeiten gleich weit entfernt zu sein. In den Sommerferien meiner Kindheit ist die Natur als ein unerschöpflicher Überfluß in mein Leben eingedrungen. Vor ihrem leuchtenden Hintergrund begann ich auch bald Gedichte über die Natur zu lesen, um meinen eigenen Empfindungen eine Sprache zu leihen. Und wie die Figuren auf Renoirs Gemälde eingetaucht sind in den lichtgrünen Schaum der Wiese, der den Abhang hinabströmt, waren auch die Gedichte für mich nichts Abgegrenztes, sondern originäre Stimmen der Natur. Alles Lebendige war noch beisammen.

Über Renoirs ansteigenden Wiesenpfad hätte ich leicht schreiben können, denn es ist ein Weg, der mich unmittelbar in meine Kindheit führt. Und wenn man einmal dort ist, dann fließen wieder alle Quellen. Mit den Unglücksnachrichten aus Wien fiel aber ein Schatten zwischen mich und diese heitere Vision, und als ich danach das Bild betrachtete, schien sich sein Zauber geschwächt zu haben. Vielleicht war das nur eine momentane Schwankung. Doch sie brachte mich dazu, meine ursprüngliche Wahl bei der Redaktion zu widerrufen. Statt dessen entschied ich mich für ein Gemälde aus dem Spätwerk Paul Cézannes, und zwar für sein 1898 entstandenes Bild des Berges Sainte-Victoire, von Bibemus aus gesehen, das im Museum of Art in Baltimore hängt.

Wieder also wählte ich ein Landschaftsbild. Doch im Gegensatz zu der freundlichen Offenheit des Bildes von Renoir, das der Welt der Erscheinungen nicht fremd und grüblerisch gegenübersteht, ist das Bild von Cézanne wie durch eine unsichtbare Glaswand vom Betrachter getrennt. Hinter dieser Scheibe sieht man das stumme Für-sich-sein einer menschenfernen Welt. Vom Betrachter getrennt durch eine Schlucht und eine Felsbarriere, die den Mittelgrund des Bildes füllt, erhebt sich in unbestimmter Ferne, aber in seiner Unerreichbarkeit unheimlich nahe gerückt, das graublaue Bergmassiv in den Himmel und bildet nicht nur den Hintergrund des Gemäldes, sondern zeigt sich dort wie eine Erscheinung an der Grenze der Welt. Dahinter kann nichts mehr vermutet werden als ein bodenloser Abgrund unter einem leeren Himmel. Der Berg selbst ist ein unerschlossenes Geheimnis, das letzte unerreichte Erreichbare, das zu uns herüber droht und ruft. Man müßte sich auf den Weg machen durch die steinige Schlucht und zwischen den hochgetürmten Felsen hindurch und durch die Pinienwälder, die sich dahinter zu erstrecken scheinen, um dann den mühsamen, steinigen Aufstieg zu beginnen. Aber der schmale Durchschlupf zwischen den Felsen des Mittelgrundes erscheint wie der verbotene Eingang in eine unzugängliche andere Welt. So wie der Maler das Motiv gemalt hat, ist er der am weitesten vorgeschobene menschliche Posten. Von seiner Stelle aus schaut man ins Unbekannte. Was man dort sieht, ist etwas tief Zweideutiges, nie sicher in Besitz zu Nehmendes, ein Trugbild zwischen Wahrnehmung und Traum.

Dieser halluzinative Eindruck wurde für mich zum Kernpunkt meiner Interpretation. Ich bemühte mich zu zeigen, daß hier wie bei allen großen Kunstwerken ein Ergebnis entstanden war, das die bewußten Absichten des Künstlers überschritt. Cézanne hatte den Berg Sainte-Victoire, der die Landschaft bei seiner Heimatstadt Aix-en-Provence überragt, viele Jahre hindurch immer wieder gemalt, und er war dabei von deskriptiven, detailreichen Darstellungen zu immer lapidareren Bildern gelangt. Er blieb zwar seinem alten Grundsatz treu, vor dem Motiv zu malen, aber er begann in den Erscheinungen etwas anderes zu suchen: eine vereinfachte Gestalt, die man das Wesen der Erscheinung nennen könnte. Formulierbar wurde diese Erkenntnisabsicht für ihn durch die fortschreitende Radikalisierung seiner malerischen Mittel. Indem er die Umrißzeichnung und die Modellierung durch Licht und Schatten aus seinen Bildern verbannte und alles der Modulation ganz unstofflich wirkender Farben übertrug, die zwischen der Härte des Felsens und der Durchlässigkeit der Luft nicht mehr unterschieden, bekamen die Landschaften, ganz besonders dieses Bild des Mont Sainte-Victoire, die imaginäre Präsenz von Traumbildern. Cézannes beharrliche Annäherung an sein Motiv hatte ein paradoxes Ergebnis hervorgebracht: eine irritierende Gleichzeitigkeit von Entrücktheit und magischer Präsenz. Der Berg, den er so genau kannte und den er geduldig und zäh studiert und mit seiner ganzen Kunst umworben hatte, war zum Schluß das Fremde und ganz Andere geworden, ein Phantom, zu dem man nie hingelangt.

Andere Betrachter mögen das Bild anders empfinden und verstehen. Für mich indessen verbarg und zeigte sich in der Erscheinung des Berges das innere Objekt Cézannes, in dem alles Erwünschte, Lockende und Drohende in eins gefaßt waren. Der Berg in seiner unbestimmten Entfernung und unabweisbaren Mächtigkeit war das Bild des vorausschwebenden, manchmal nahegerückten und sich wieder entziehenden Lebenstraums, dessen noch verhülltes Geheimnis der Tod ist.

Ich konnte das so noch nicht schreiben. Es war für mich noch eine halb versiegelte Wahrheit, die ich für mich behalten mußte. Nur bis zum Trugbildhaften der Erscheinung führte ich meine Interpretation. Aber ich begriff in dieser Nacht, weshalb unter dem Eindruck des Lebensdramas meines Bruders mich dieses Bild so magisch angezogen hatte. Es war ein Bild, das im Medium einer vergeistigten Landschaftsmalerei so verschlüsselt wie offenbar von den das menschliche Leben beherrschenden Träumen und Täuschungen und von seinem unüberschreitbaren Ende sprach.

Ich schrieb im sogenannten Turmzimmer, mit dem Blick auf die halbrunde Front der hohen, schmalen Fenster, die den Nachthimmel in gleichmäßige Segmente zerteilte. In der Mitte stand ein dunkler Ausziehtisch von ovaler Form, umgeben von hochlehnigen Stühlen, auf denen, wie ich mir sagte, die Unsichtbaren saßen: Gäste einer Zukunft, die es nicht mehr gab. Bis zum Morgengrauen arbeitete ich an dem Text, dauernd das Geschriebene wieder neu fassend und korrigierend, weil sich mir der Zusammenhang und die Richtung meiner Gedanken nur schrittweise erschlossen und ich dann große Mühe hatte, sie im Rahmen des vorgeschriebenen Umfanges zu halten. Ich war hellwach, als ich mich ins Bett legte, und brauchte Stunden, um einzuschlafen. Als ich mittags wach wurde, weil meine Frau ins Zimmer kam, wußte ich nur noch vage, was ich geschrieben hatte, und stand sofort auf, um es mir anzusehen. Ich war ein wenig erstaunt, und ich war zufrieden. Mit einigen kleinen Korrekturen konnte man es abschicken.

Wir saßen bei einem improvisierten Mittagessen, als H. aus der Klinik anrief. Sie sagte, wir sollten nicht mehr ins Krankenhaus kommen. Walter erhielte noch eine Bluttransfusion, und am späten Nachmittag dürfe er mit Erlaubnis des Arztes für einige Stunden die Station verlassen. Dem gemeinsamen Abendessen zu viert stand also nichts mehr im Wege. Der Tisch war vorbestellt.

Mein Bruder kam um 18 Uhr mit einem Taxi in die Gentzgasse, H. von einer Konferenz in der Schule eine Viertelstunde später. Eine knappe Stunde saßen wir uns dort in den grünen Sesseln gegenüber und hielten irgendeine Konversation in Gang, von der ich nichts behalten habe.

Ich hatte mich daran gewöhnt, meinen Bruder in der Station und in der Kleidung eines Kranken zu sehen, und war irritiert, als er in einem modischen Anzug zur Tür hereinkam und sich zu uns setzte. Auf den ersten Blick sah er elegant aus, vielleicht weil der Wechsel seiner Erscheinung so verblüffend war, als wäre ein Verwandlungskünstler auf einer Bühne als ein kranker, leidender Mensch in Schlafanzug und Hausschuhen hinter einem Paravent verschwunden und auf der anderen Seite als ein Herr, der für eine abendliche Verabredung gekleidet ist, zum Vorschein gekommen. Die Ärzte hatten ihn mit einer Bluttransfusion und kreislaufstützenden Mitteln für den Auftritt präpariert, und als sei sein fast abgelaufenes Lebensuhrwerk noch einmal aufgezogen worden, bewegte er sich wieder lebhafter und ausdrucksvoller. Er war heute abend der Hausherr und unser Gastgeber, eine Rolle, die ihm immer gelegen hatte. Als ich kurze Zeit aus dem Zimmer gegangen war und zurückkam, hatte sich das Bild geändert. Er saß zusammengesunken in seinem Sessel und rieb die Hände aneinander. Sein ausgemergeltes Gesicht unter dem Filz seiner nachgewachsenen Haare sah grau und verfallen aus.

»Hier ist es kalt«, sagte er.

H. stand sofort auf, um ihm einen Pullover zu holen. Es herrschte eine angenehme Temperatur in der Wohnung, aber sie war etliche Grade niedriger als die Treibhauswärme der Leukämiestation. Anscheinend konnte er nur noch unter solchen Sonderbedingungen leben. Ich schlug vor, gleich zum Essen zu fahren. Dann würde ihm sicher wärmer werden. Er war sofort damit einverstanden, fast so, als denke er schon daran, die Sache hinter sich zu bringen. Den Pullover anzuziehen lehnte er ab.

Es war nur eine kurze Fahrt in Hs. Wagen. Aber zu Fuß wäre es für den Kranken zu weit gewesen. Mühsam stieg er die wenigen Eingangsstufen in das Restaurant hinauf. Wir gehörten zu den ersten Gästen, und so kam uns gleich zur Begrüßung der Oberkellner entgegen und führte uns an unseren Tisch, und zwei herbeigeeilte jüngere Kellner nahmen uns die Mäntel ab.

Mein Bruder hatte uns den Oberkellner, einen stattlichen Mann im schwarzen Kellnerfrack mit dem Satz vorgestellt: »Das ist der Herr Neumeister, der uns heute abend verwöhnen wird.« Und dann entspann sich zwischen den beiden eine kleine Unterhaltung, die mir einen Moment den Atem verschlug.

»Sie sind lange nicht bei uns gewesen, Herr Diplomkaufmann«, sagte der Oberkellner.

»Ja, stimmt, das ist lange her«, sagte mein Bruder.

Und plötzlich glaubte ich unseren Vater sprechen zu hören, der die Angewohnheit gehabt hatte, ab und zu in ganz einfache Sätze ein nicht ganz passendes gravitätisches Wort einfließen zu lassen: »Es lag an verschiedenen Obliegenheiten.«

»Verstehe«, sagte der Oberkellner und drückte damit sein völliges Desinteresse aus. Er war ein Felsen an höflicher Gleichgültigkeit. Das wäre eigentlich der Augenblick gewesen, die Unterhaltung zu beenden. Aber als fühle er sich von dem Blick des Oberkellners bedrängt und wolle auf diese Weise den wahren Sachverhalt deutlich machen, sagte mein Bruder, indem er auf das kränkliche Haarmoos auf seinem Kopf wies: »Haben Sie gesehen? Ich habe mir eine moderne Frisur machen lassen.«

»Gut für die wärmere Jahreszeit«, sagte der Oberkellner und teilte die Speisekarten aus.

Eine ähnliche Zeremonie, nur weniger zugespitzt, mußten wir über uns ergehen lassen, als der Geschäftsführer an unseren Tisch trat und sich nach unserem Befinden und unseren Wünschen erkundigte, ohne erkennen zu lassen, daß er irgend etwas wahrnahm von dem Elend seines altvertrauten Gastes, der erschreckend verwandelt, ja unübersehbar vom Tode gezeichnet war. Ich hatte aber den Verdacht, daß der Oberkellner ihn schon informiert hatte und er gekommen war, um sich die Verwandlung anzusehen.

Als das Essen aufgetragen war, ließ man uns allein. Der Kranke sah nicht gut aus. Er sagte, es zöge, und bat mich, mit ihm den Platz zu tauschen. Ein herbeigeeilter Kellner, der die Teller umdeckte, wurde mit der Weisung fortgeschickt, nach der Ursache des Luftzuges zu suchen. Möglicherweise stand irgendwo eine Tür auf, aber ich spürte nichts.

»Du hättest den Pullover anziehen sollen«, sagte H.

Er antwortete nicht darauf. Zwischen den beiden schien seit gestern abend eine Spannung zu herrschen. Um die Stimmung ein wenig aufzulockern, erzählte ich meiner Frau, die so tat, als kenne sie die Geschichte noch nicht, wie mich die beiden voriges Jahr in Berlin besucht hatten, als ich dort einige Monate im Wissenschaftskolleg lebte. Ich hatte Eintrittskarten für die »Deutsche Oper« besorgt, in der an diesem Tag *Siegfried* aus Wagners *Ring* gegeben wurde. Der Witz war, daß wir mitten im zweiten Akt ankamen und erst zum dritten eingelassen wurden, weil ich die veränderten Anfangszeiten übersehen hatte. Das war gar nicht schlimm, hatten wir gefunden. Ein Akt Wagner war genug. Denn draußen war Frühling, und wir hatten dank der übersehenen Anfangszeit statt in der Oper anderthalb Akte lang in einem Straßencafé am Kurfürstendamm gesessen. Das war ungefähr vor elf Monaten gewesen. Ich dachte – und sah die Szene wieder vor mir: Als alles noch in Ordnung schien.

Mein Bruder stocherte in seinem Essen und legte dann brüsk Messer und Gabel auf den Teilerrand. Wir alle fürchteten, daß ihm schlecht würde und er sich im Restaurant übergeben müsse. Aber er atmete tief durch und kam darüber hinweg. Vorsichtig trank er von seinem Mineralwasser. Dann bat er mich, etwas von seiner Ente mit Orangen auf meinen Teller zu nehmen. Es widerstand mir zwar, aber ich wußte, worum es ihm ging: Er wollte nicht vom Oberkellner oder Geschäftsführer gefragt werden, ob sein Essen nicht in Ordnung gewesen sei. Ihm zuliebe mußten wir diesen Abend, auf den er sich so gefreut hatte, schnell und unauffällig zu Ende bringen.

Wir blieben noch zwei Tage und saßen vormittags und nachmittags an seinem Bett, während die Perfusorspritze mit ihrem regelmäßigen Insektensummen die vermutete Höchstdosis des zytostatischen Giftes in seine Armvene sprühte. Die Wirkung war so verheerend, daß schon zwei dünne Schnitzel eines Apfels, den meine Frau auf seinen Wunsch für ihn geschält hatte, ein krampfartiges Erbrechen hervorrief. Er hatte fast nichts hervorgewürgt. Nur Schaum und Magensaft klebten in der nierenförmigen Pappschachtel, die ich ihm abnahm, während er sich erschöpft und nach Atem ringend wieder zurücklegte. Wir konnten nicht viel mit ihm reden, aber er wollte, daß wir da waren, auch wenn er die Augen schloß und wie benommen oder ohnmächtig dalag mit kurzen, flachen Atemzügen. Manchmal zuckte es in seinem Gesicht, manchmal zog er seufzend die Luft ein. Und wenn er die Augen aufschlug, lag immer diese eigenartige Strenge und Ferne in seinem Blick.

Mittags gingen wir essen und kamen am frühen Nachmittag wieder zurück. Er wartete auf uns. Wenn wir sprachen, fiel mir auf, daß er uns besonders häufig mit unseren Namen anredete. Maria. Dieter. Viele Sätze fing er so an. Das mochte ein Ausdruck dafür sein, daß alle Sätze schon auseinanderfielen und er das Gefühl hatte, mit jedem Satz beginne er neu und müsse wieder eine Brücke schlagen. Andererseits kam es mir so vor, als dränge er, indem er möglichst häufig unsere Namen sagte, eine weit verstreute Lebenssubstanz aus vielen Lebensjahrzehnten zusammen. Ich war immer eine Figur seines Lebens gewesen. Und meine Frau kannte ihn fast so lange, wie sie mich kannte. Es war auf und ab mit uns gegangen, bis in diese letzten gemeinsamen Tage hinein. Aber ich glaube mich darin nicht zu irren, daß er unsere Namen gerne aussprach, nicht ohne Zärtlichkeit.

Natürlich vergeht die Zeit immer. Doch sie vergeht ganz anders, wenn man das genaue Ende der bevorstehenden Zeit kennt. Der erste der beiden letzten Tage hatte noch einen zweiten vor sich, der nächste Vormittag noch einen Nachmittag. Danach verrannen quälend langsam und unaufhaltsam die Stunden und wurden immer leerer und nichtiger. Schließlich hörte ich meine Frau sagen: »In zehn Minuten müssen wir gehen.« Dann waren auch diese zehn Minuten vergangen, und wir dachten, daß es nicht gut wäre, den Abschied noch länger hinauszuzögern. Meine Frau umarmte ihn zuerst und ging schon hinaus. Ich beugte mich über ihn, und er hielt sich an mir fest. Es war zum Verrücktwerden, weil ich dachte, daß ich mich nie und nimmer aus dieser Umarmung lösen könne. Schließlich ließ er mich gehen. In der Tür blieb ich stehen, ohne sie schließen zu können. Wir sahen uns an, ich war überzeugt: zum letzten Mal. Auch er schien das zu denken in diesem Augenblick. Ich sagte: »Mach's gut.« Und meine Hand machte ein Zeichen, irgend etwas wie ein Winken. Er antwortete nicht darauf, sah mich nur unentwegt an, während ich gegen den Widerstand dieses Blicks langsam die Türe schloß.

Im Gang wartete meine Frau. Sie war einige Schritte vorausgegangen und hatte sich mir mit einem besorgten, fragenden Ausdruck wieder zugedreht, sah mir aber an, daß ich nicht sprechen wollte, und ging wortlos neben mir her. Da waren wieder die numerierten Türen der Krankenzimmer, die Holzbank, auf der wir gesessen hatten, die Schwingtür, durch die der Sarg verschwunden war, der Lastenaufzug, der Windfang: Tunnel eines Alptraums, an dessen Ende hinter mir er jetzt allein in seinem Zimmer lag und auf die geschlossene Tür starrte. Ich ging davon weg, mit dem Gefühl, nicht anhalten und meinen Schritt nicht ändern zu dürfen, meinen stetigen, maschinenhaften, eiligen Schritt. Sobald wir draußen waren, begann ich zu fluchen. Es waren immer dieselben Worte: »Scheiße! Verfluchte Scheiße! So eine gemeine verfluchte Scheiße!« Ich konnte erst damit aufhören, als wir das Klinikgelände verlassen hatten.

Am übernächsten Tag brach ich gegen Mittag zu meiner Lese- und Vortragsreise in Richtung Süden auf, im Gepäckraum des Autos einen Koffer mit den notwendigen Sachen für zwei Wochen Hotelleben und zwei Büchern, aus denen ich meine Abendveranstaltungen bestreiten wollte. Die Reise würde mich zuerst durch verschiedene Städte in Baden-Württemberg und dann nach Hessen führen. Für mich waren die Veranstaltungsorte, die Hoteladressen und die Namen und Telefonnummern der Kontaktpersonen, bei denen ich mich nach meiner Ankunft melden sollte, auch wenn ich in dem einen oder anderen Ort schon gewesen war, zu Beginn der Reise kaum mehr als die Daten eines abstrakten Programms, von dem ich gesteuert wurde und das ich Tag für Tag abzuarbeiten hatte. Abends, an den Lesetischen, in Buchhandlungen, öffentlichen Bibliotheken und Volkshochschulen vor wechselnden Zuhörern und sich wiederholenden Fragen mußte ich zwei Stunden aufmerksam und konzentriert sein, sonst aber konnte ich mich einer wohltuenden Zerstreutheit überlassen. Auch wenn ich schon früher im Hotel eingetroffen war, meldete ich mich immer erst eine oder zwei Stunden vor Beginn der Veranstaltung bei meinen Gastgebern und blieb so den ganzen Tag über mit mir allein.

Ich fuhr von Ort zu Ort durch den aufblühenden Frühling, im Autoradio den tönenden Flickenteppich aus Musik, Nachrichten, Reklamen und Interviews, und das Gerüst dieser zerflatternden Welt waren die Autobahnen und Straßen mit ihren Richtungsschildern und Kilometerzahlen. An ihm hingen auch meine Erinnerungen an Städte, Landschaften und frühere Reisen. Manchmal waren es Bilder, oft nur Formeln für Bekanntes, denen ich in meinen dahindriftenden Gedanken nicht nachging, denn es genügte mir, daß mir überall signalisiert wurde, die Szenerien meines Lebens seien noch da und ich könne jederzeit zu ihnen hingelangen. Ich überzeugte mich probeweise davon, indem ich auf einem Rastplatz hielt, an dem ich vor Jahren schon einmal gehalten hatte, oder einmal, indem ich in einem Gasthaus einkehrte, in dem ich früher schon einmal eine Fahrtpause hatte machen wollen, an dem ich dann aber vorbeigefahren war. Doch fühlte ich mich vor allem getragen und umschlossen vom Kontinuum des namenlos Bekannten: den Straßen und ihren Tankstellen, den Feldern, Waldrändern, den Randzonen der Städte mit ihren Warenmärkten und Industrieanlagen, den Innenstädten mit ihren Fußgängerzonen und ihren restaurierten historischen Bauten, den Hotelzimmern mit ihren Naßzellen, Minibars und dem schräg gegenüber dem Bett postierten Fernseher.

Wo bin ich hier? fragte ich mich manchmal. Ich konnte mir leicht die exakte Antwort geben und im Autoatlas auf den Punkt zeigen. Doch es blieben für mich lauter Allerweltsorte, die auf irgendeiner entfernten Peripherie lagen, auf der ich mich in gleichbleibendem Abstand um ein sich langsam verdunkelndes Zentrum bewegte. Das war das Krankenzimmer meines Bruders, der schmale, hohe Raum mit dem in der unteren Hälfte undurchsichtigen Fenster, das nie geöffnet werden durfte, und er selbst in seinem Bett, seltsam undeutlich durch seine Reglosigkeit, die ihn fast zu einem abstrakten Emblem des Todes machte, als hätte ich mit dem Schließen der Zimmertür alles Individuelle aus meiner Vorstellung weggewischt.

Ich dachte eigentlich kaum an ihn, nicht anschaulich und nicht in einem erzählerischen, anekdotischen Sinn. Aber die Verbindung war nicht ganz gerissen, sondern wirkte weiter als eine unterschwellige Beunruhigung, die mir oft nur durch meine Zerstreutheit ins Bewußtsein trat. Er war noch da, litt noch, er dachte vielleicht noch an mich und wartete auf ein Zeichen. Er war noch in der Welt.

Da ich meistens zu spät ins Hotel zurückkam, um noch in Wien anrufen zu können, versuchte ich einige Male vor meiner Lesung, H. in Wien zu erreichen. Es gelang mir nur ein einziges Mal. Ich hatte schon von meiner Frau erfahren, daß er die dritte Chemotherapie überstanden hatte, jedoch schwer krank war: Die Atmungsorgane, das Herz und der ganze Verdauungskanal waren gestört, und auch die Leber machte ernsthafte Schwierigkeiten. Ob es gelungen war, den Krebs zu bekämpfen, darüber gab es keine Auskünfte. Als ich H. dieses eine Mal erreichte, wußte sie nichts darüber zu sagen, außer daß die Untersuchungen des Blutes und des Knochenmarks noch andauerten und zum Teil wiederholt werden mußten.

Er selbst hatte wohl auch keine näheren Auskünfte bekommen. Aber er hatte anscheinend auch nicht so dringlich danach gefragt, wie er es bisher immer getan hatte. Er war ein mitdenkender Patient und ein aufmerksamer Kontrolleur der medizinischen Maßnahmen gewesen. Kein Fiebermessen und keine Blutdruckkontrolle, deren Ergebnisse er nicht wissen wollte. Das hatte sich jetzt geändert. Er war still, fast apathisch geworden, wenn es auch immer noch andere Momente gab. So hatte er an diesem Tag zu H. gesagt: »Pfingsten bin ich zu Hause und bringe alles in Ordnung.« Er meinte wohl die wachsenden Schwierigkeiten, die H. inzwischen mit verschiedenen Handwerksfirmen hatte, und die problematische Finanzlage, die durch den monatelangen Einkommensausfall entstanden war. Doch nach allem, was H. mir erzählte, schienen solche Realien nur noch als zusammenhanglose Bruchstücke in einem dichter werdenden Nebel von Teilnahmslosigkeit zu treiben.

Als ich von meiner Reise heimgekehrt war und wieder in Wien anrief, sagte H. mir, der Kranke lese seit Tagen keine Zeitungen mehr, nicht einmal die Überschriften, und heute habe er auch die Briefe ungeöffnet beiseite gelegt.

»Er läßt los«, sagte ich zu meiner Frau.

Er, der immer ein expansives Leben geführt hatte, mit weitausgreifenden Phantasien und Projekten, begann die Außenpositionen zu räumen und zog sich in sich selbst zurück. Das war der Beginn des Sterbens – ein unaufhaltsames Schwinden und Schrumpfen. Die Welt, die von unseren Interessen, Wünschen und Hoffnungen beleuchtet wird, erlosch. So hatte ich es in einem Aufsatz von Herbert Plügge beschrieben gefunden, einem phänomenologisch geschulten Arzt, der viele Menschen beobachtet hat, die an einer »konsumierenden Krankheit« starben. Ja, so mußte man es sehen: Die Krankheit konsumierte ihn, seine Lebenskraft, seinen Willen, seine Träume und allmählich auch sein Ich, und da das Ich und sein tragender Körper der Ankerplatz und die Bühne der Welt sind, verlor sie sich auch. Noch einmal las ich den Satz, der für mich das Gespenstische des Rückzugs beschrieb und der nun auch eine Botschaft an mich enthielt: »Diese Kranken verlassen ganz allmählich gleitend ihre alte Welt, so daß es für sie sinnlos wird, nach ihr zu fragen.«

Ließ er jetzt auch mich los? Stellte er nicht mehr die unbeantwortbare Frage: Warum ich und nicht du? Sein Blick, den ich mit dem Schließen der Zimmertür gewaltsam durchtrennt hatte, schien nicht mehr nach mir zu suchen. Zwischen uns breitete sich ein wachsendes Niemandsland aus. Das hing mit meiner Lesereise zusammen, die noch nicht zu Ende war, nur daß jetzt die Termine nicht mehr Tag für Tag aufeinander folgten und die meisten Veranstaltungsorte im Rheinland oder in Westfalen lagen, so daß ich meistens in der Nacht noch nach Köln zurückfuhr.

Es war ein unruhiges Leben, das mich zwang, immer wieder auf andere Menschen einzugehen, und ein dauernder Streß auf überfüllten Autobahnen. Wenn ich zwischendurch in Wien anrief, bekam ich dem Sinn nach immer die gleiche Antwort: Es ging ihm unverändert schlecht. Das war zu wenig, um Anteil zu nehmen und sich etwas vorzustellen. Er starb. Aber in dem Bild, das ich davon bekam, war keinerlei Bewegung zu erkennen. Jedesmal, wenn ich wieder anrief, erwartete ich etwas Neues und mußte mir eingestehen, daß das nach Lage der Dinge nur noch ein weiterer Schritt auf das Ende zu sein konnte oder sogar schon der Tod. Ja, ich wartete auf seinen Tod. Und ich glaubte der

Einförmigkeit von H.s Berichten anzuhören, daß es ihr genauso ging.

Noch verbargen die Ärzte hinter dem Ernst ihrer Mienen die entscheidende Auskunft über das Ergebnis der Behandlung. Vielleicht wollten sie verhindern, daß sie den Sterbenden noch bei Bewußtsein erreichte. Vielleicht waren auch sie, zu deren Alltag solche Niederlagen gehören, von der Vergeblichkeit des langen Kampfes vorübergehend gelähmt, und da es ohne Hoffnung keinerlei Eile und Dringlichkeit mehr gab, traten andere Fälle in den Vordergrund. Der Krebs hatte auf die dritte, äußerst massive Therapie kaum noch reagiert und sich kurz danach, wie in einem Gegenschlag, noch heftiger ausgebreitet. Es gab nun keine therapeutische Option mehr. Der Kranke war ein ausbehandelter, terminaler Patient. Seine Überlebenschancen waren auf Null geschrumpft. Nur der Zeitpunkt des Todes war noch ungewiß. Seltsam, daß wir das alles schon wußten, obwohl es uns noch verschleiert war.

In diesen Tagen hatte ich eine Lesung in St. Ingbert bei Saarbrücken, eine Reise, die ich mit der Bahn machte und bei der ich am Veranstaltungsort übernachtete. Ich schlief schlecht, obwohl ich mich erschöpft fühlte, und nahm am nächsten Vormittag einen späteren Zug. Während der ganzen Fahrt las ich in einem Roman, den mir eine Autorin aus St. Ingbert auf die Reise mitgegeben hatte, eine Familiengeschichte mit zeitgeschichtlichem Hintergrund. Obwohl der Zug bei strahlendem Sonnenlicht durch die frühlingshaft ergrünte Eifel fuhr, blickte ich kaum aus dem Fenster. Das Buch schien mir einen Schutz zu bieten, einen freien Raum, den ich nicht verlassen wollte.

Als ich zu Hause ankam, war Besuch da: zwei Freundinnen meiner Frau, die zum Tee gekommen waren. Ich setzte mich dazu und erzählte von meiner Reise, als eine kleine Veränderung geschah, die in ihrer Lautlosigkeit etwas Unheimliches hatte. Plötzlich, als sei Tusche auf eine Glasscheibe gespritzt, erschien in meinem Blickfeld eine schwärzliche Struktur, die an ein chinesisches Schriftzeichen erinnerte. Es schien zwischen mir und der Welt zu schweben, sowohl vor meinen Augen als auch vor den Gegenständen und den Gesichtern, die ich ansah, und es bewegte sich mit meinem Blick, rutschte nach oben oder zur Seite, ohne zu verschwinden. Ich hielt es zuerst für das Symptom einer Kreislaufschwäche. Und solange die Gäste blieben, sagte ich nichts. Aber abends war das Schriftzeichen immer noch da. Ich erkannte es auch im Lampenlicht. Nur wenn ich ins Dunkel blickte, löste es sich auf. Doch als ich mit meiner Frau einen Abendspaziergang machte, tauchten im Dunkeln, wenn ich nur den Kopf bewegte, rechts und links in meinem Blickfeld helle Blitze auf.

Am nächsten Morgen ging ich zur Augenärztin, und als sie meine Symptome hörte, untersuchte sie mich sofort. Es dauerte nicht lange, dann brach sie die Untersuchung ab und sagte: »Sie haben eine Augenblutung gehabt. Aber das ist nicht das Entscheidende. Das hat uns nur auf die Spur gebracht. In Ihrer Netzhaut ist ein großer Riß, und sie ist dabei, sich abzulösen.«.

Ich fuhr mit dem Taxi in die Universitätsklinik und hielt die Augen während der Fahrt geschlossen, um sie möglichst wenig zu bewegen. Das betroffene linke Auge war mein besseres Auge, und die Augenärztin schien zu befürchten, daß es erblinden würde. In der Augenklinik herrschte ein gewaltiger, entmutigender Andrang von Patienten. Es dauerte fast eine Stunde, bis ich mich durchgekämpft hatte und auf dem Behandlungsstuhl vor einer Ärztin saß, die gleich beide Augen untersuchte. Ich hatte auch zwei Risse in der Netzhaut des rechten Auges. Die allerdings waren noch nicht so schlimm und konnten später gelasert werden. Jetzt ging es um das linke Auge, dessen Netzhaut sich so weit gelöst hatte, daß sich schon eine bewegliche Klappe gebildet hatte. Ich wurde sofort zum Lasern gebracht. Aber nach kurzer Zeit stellten zwei Ärzte fest, daß so nichts mehr zu retten war. Ich mußte operiert werden.

An diesem Tag standen viele Operationen an, und die operierenden Ärzte waren pausenlos an der Arbeit. Da durch das Lasern die weitere Ablösung der Netzhaut vorläufig gebremst war, mußte ich bis zum späten Nachmittag warten, bis ich an die Reihe kam. Mir war flau vor Hunger, weil ich morgens in meiner Eile kaum gefrühstückt hatte, und der Operateur, ein junger Arzt, der auch längere Zeit nichts gegessen hatte, sah, wie blaß ich war, und teilte mit mir seine Notration, ein kleines trockenes Gebäckstück, das er in zwei gleiche Teile brach. Es war ein guter, kameradschaftlicher Anfang, und ich war entschlossen, es ihm so leicht wie möglich zu machen.

Der operative Eingriff, den er zur Rettung des Auges unternahm, war eine sogenannte Kryooperation. Mit einem Kältestab wurde das betäubte Auge in der Tiefe verletzt, damit durch die Narbenbildung die Netzhaut wieder an den Augenhintergrund anheilte. Ich lag auf dem Operationstisch, und die grün vermummten Köpfe des Arztes und der Operationsschwester beugten sich über mich. Zwischen der Stirnbinde ihrer grünen Hauben und dem Atemschutz sah ich nur ihre aufmerksamen Augen. Sie erschienen mir außerordentlich schön, und ein tiefes Vertrauen erfaßte mich, daß alles gutgehen würde.

Mit einem Kopfverband wie ein Schwerverletzter kam ich zurück in die Halle, wo meine Frau auf mich wartete, um mich nach Hause zu fahren. Ich legte mich sofort hin und schlief zwei Stunden. Als ich wach wurde, hatte inzwischen H. angerufen.

»Du wirst es nicht glauben«, sagte meine Frau, »es klingt wirklich sonderbar: Walters Brille ist verlorengegangen. Sie muß beim Abziehen der Bettwäsche verschwunden sein. Aber es ist ihm gleichgültig. Er döst nur noch vor sich hin.«

Am nächsten Morgen mußte ich wieder in die Klinik. Der Verband wurde erneuert, das operierte Auge untersucht. Die beiden Risse in der Netzhaut des rechten Auges mußten gelasert werden. Es wurde mir verboten, zu lesen oder zu schreiben, mich zu bücken, etwas zu heben und mich irgendwie anzustrengen. »Setzen Sie sich in großer Entfernung vor die Glotze«, sagte der Arzt. Er erklärte mir, warum: Die Kamerabewegung übernimmt die Bewegung des Blicks. So bleibt bei einem Fußballspiel der hin und her fliegende Ball immer ungefähr in der Mitte der Mattscheibe. Das hält das Auge des Zuschauers ruhig.

Ruhe wurde mir empfohlen. Doch das war gar nicht nötig, denn ich war so ruhig, als wäre ich von allen inneren Spannungen befreit worden. Ich hatte mein Teil abbekommen, genug, um von der Last einer zu großen Begünstigung befreit zu sein. Als ich zum ersten Mal das verletzte Auge sah, empfand ich sogar so etwas wie Stolz über das, was sich mir da zeigte. Der Augapfel war johannisbeerrot, und es war kaum zu glauben, daß dieser blutige Gelee je wieder ein richtiges Auge werden konnte. Aber der Arzt versicherte es mir, und ich vertraute ihm.

Dann rief H. wieder an. Der Chefarzt hatte ihr eröffnet, daß es keine Hoffnung mehr auf ein Überleben gab, und er hatte ihr vorgeschlagen, auf lebensverlängernde Maßnahmen zu verzichten. Sie wollte wissen, wie ich darüber dachte. Ich sagte ihr, wir sollten dem Rat des Arztes folgen, bat sie aber, mir den Zustand des Kranken zu schildern. Er lag offenbar schon mit getrübtem Bewußtsein in der Agonie. Sein Atem ging röchelnd. Sein Gesicht war quittegelb von einer schweren Hepatitis. Manchmal schien er zu schlafen, dann wieder wurde er unruhig, und seine Hände wanderten fahrig über die Decke. Nach einem alten Volksglauben bedeutet das: Der Sterbende spürt, daß er abreisen muß und beginnt sich zu putzen, denn er muß bald vor Gottes Antlitz erscheinen. Mein Bruder hatte schöne schlanke und doch sehr kräftige Hände, geschickt zu allem und bereit zuzupacken. Mit seinem festen Händedruck hat er mich oft herausgefordert.

Ich dachte daran und an viele andere Einzelheiten und Geschehnisse unserer, sich immer wieder neu verflechtenden und verstrickenden Lebensgeschichten, während ich in den nächsten Tagen mit einer großen schwarzen Klappe über dem verletzten Auge in den nahegelegenen Parks und am Rheinufer spazierenging. Aber eigentlich war ich mit mir selbst beschäftigt und mit dem nun angstlosen, selbstgewissen Gefühl, daß mir nach dem Tod meines Bruders ein neuer Abschnitt meines Lebens bevorstand. Ich war vollkommen ruhig, als mich am 11. Mai vormittags Hs. ältester Sohn Bernd anrief, um mir zu sagen, daß mein Bruder in der vergangenen Nacht gestorben sei.

Als nach Einschätzung der Ärzte die letzte Phase des Sterbens begann, wurde der zweite Patient, der im Zimmer lag, mit seinem Bett hinausgefahren. H. war schon am frühen Nachmittag gekommen und richtete sich auf die Nachtwache ein. Ihr Sohn Bernd kam später dazu. Der Sterbende schien das alles nicht mehr zu bemerken. Oder wenn er es bemerkte, schien es für ihn ohne Bedeutung zu sein. Er hatte sich in sein Inneres zurückgezogen, ganz in Anspruch genommen von einer pausenlosen Traum- und Gedankenarbeit. Nur geringe Spuren drangen davon nach außen. Das Bewußtsein des Sterbenden ist ein dunkler Kinosaal, in den niemand hineinsehen kann. Wir stehen im Vorraum und warten, daß der Film zu Ende geht. Nur manchmal dringen durch einen Türspalt unzusammenhängende Wortfetzen zu uns herüber. Obwohl sie ungreifbar oder vieldeutig bleiben, haftet ihnen etwas eigenartig Erregendes an. Es sind Spuren einer im Augenblick sich vollziehenden Wahrheit. Man hat den Eindruck, daß alles, was der Sterbende erlebt oder sieht, für ihn von größter Bedeutung und Faszination ist, so daß man ihn schon deshalb kaum noch erreichen kann.

H. hat versucht, dem Sterbenden die undeutlich gemurmelten Worte von den Lippen abzulauschen. Vieles blieb unverständlich, einiges war deutlicher zu verstehen, und sie konnte es aufschreiben. Dieses sind ihre Notizen:

18^{00} ... jetzt geht es dahin ... alles wegwerfend

18^{25} ... ich muß fahren, ich muß mit dir zusammen fahren ...

18^{45} ... die wollen nur, daß ich davon viel nehme ...

20^{15} ... ich weiß nicht, was ihr alle wollt ... verdammt ...

20^{20} ... einwandfrei. Warum? ...

20^{30} ... nein ...

Zu dem kurzen »nein« hat H. angemerkt, daß es seine Antwort auf die Frage der Ärztin war, ob er Schmerzen habe. Er war da also einen Augenblick wach. Und als er sagte, »ich weiß nicht, was ihr alle wollt«, muß er ein undeutliches Bewußtsein von seiner Umgebung und der veränderten Situation gehabt haben. Etwas stimmte nicht. Es war etwas Ungewöhnliches im Gang, etwas, das mit ihm geschah. Er ahnte, es war etwas Unheilvolles, aber er konnte nicht erkennen, was es war. Hatte er den Verdacht, verraten zu werden in seinem Kampf? Ließ man etwas zu, worin er nicht einwilligte, ohne es ihm zu sagen?

»Verdammt«, sagte er. Das zeigt, wie alarmiert er sich fühlte und wie ohnmächtig, wie gefesselt er war.

Dann versank er wieder in seinem inneren Bilderstrom. Was sah er? Irgendwelche gedrängten Szenen? Ich höre ihn sprechen mit der barschen Direktheit, die für ihn typisch war: »... einwandfrei. Warum?« Am meisten beschäftigt mich die erste von H.s Notizen. Was hat er mit dem »es« gemeint, als er sagte, »jetzt geht es dahin«? Es kann eigentlich nur das Leben gewesen sein, das Leben als der alles umfassende Begriff, in dem alle Leiden, Freuden, Hoffnungen, die Kämpfe, die Irrtümer und die Täuschungen enthalten waren. Das tief Erstaunenswerte ist nur, daß er offenbar etwas ganz Bestimmtes sah: eine Erscheinung, eine Inkarnation des Lebens, die fast die Anschaulichkeit einer Allegorie zu haben schien. Denn »es« ging dahin, »alles wegwerfend«, mit einer großen bedeutungsvollen Geste.

Ich habe zwei Vorstellungen, wenn ich mir diese Worte vor Augen halte. Sie stammen beide aus meinem Leben und stellen nur Annäherungsversuche an den verborgenen

Sinn seiner Worte dar. Die erste Vorstellung ist die Rückzugsstraße einer geschlagenen Armee, die übersät ist mit zerschossenen und ausgebrannten Fahrzeugen, weggeworfenen Waffen, liegengebliebenem Gepäck und vielen Toten. Das andere Bild ist ein barocker Prunkwagen, glitzernd verkleidet mit talmihaftem Flitterkram, auf dem ein Mann und eine Frau vorbeifahren, die mit den großen Gesten und Kußhänden eines karnevalistischen Prinzenpaares Stück für Stück ihren gesamten Lebensbesitz wegschleudern. Alles, woran sie gehangen und worum sie gekämpft haben, was ihr Bild von sich selbst bestimmte und ihren Stolz ausmachte, alles greifen sie nun und werfen es weg, und so allmählich verblassen und verschwinden sie. Er wird es wohl nicht so gesehen haben. Vielleicht nicht einmal dem Sinne nach. Aber mir haben seine Worte diese beiden Bilder vom Ende des Lebens hinterlassen. Ganz fremd wären sie ihm vermutlich nicht gewesen. Lassen wir das. Immer wieder habe ich diese Notizen seiner letzten Worte gelesen, doch vielleicht verbergen die langen Pausen, in denen er schwieg oder lautlos die Lippen bewegte, tiefere Geheimnisse als diese zufällig hochgeschwemmten Wortfetzen.

Angst schien der Sterbende nicht zu haben, auch kein klares Bewußtsein seiner Situation. Seine Augen waren fast immer geschlossen. Man mußte ihm den Schweiß abwischen, die Lippen befeuchten und ihm Flüssigkeit einflößen. Da er nicht mehr bei Bewußtsein war und keine Kontrolle mehr über seinen Körper hatte, lief der Urin ins Bett, und er mußte trockengelegt werden. Und um 2^{00} Uhr nachts beschlossen die Ärztin und die Nachtschwester, ihm einen Blasenkatheter zu setzen, eine Maßnahme, die in vielen Krankenhäusern zur Routineversorgung der Sterbenden gehört, wie ich mir habe sagen lassen. Ich wollte das wissen, weil er, fast schon ein Toter, darauf mit einem wilden Ausbruch seiner letzten Kräfte reagierte.

Weshalb, weiß ich nicht. Niemand der Beteiligten hat seine Wut verstanden. Hat man ihn vielleicht aus tiefster Versunkenheit geweckt und ihm einen Traum zerstört, der für ihn wichtig und kostbar war? Oder drückte sich in seinem heftigen Widerstand gegen diese letzte ärztliche Handlung sein abschließendes Urteil über die gesamte Therapie und die medizinische Wissenschaft aus? Oder ist das Wahrscheinlichste etwas, das bei einem Sterbenden als grotesk gelten mag, weil man annimmt, solche persönlichen Wesenszüge hätten in der letzten Lebensstunde keine Bedeutung mehr: War es also nicht einfach nur phallischer Stolz, daß er diese Behandlung nicht ertragen wollte?

Als er begriff, was man mit ihm vorhatte, begann er zu schreien:

»Kommt gar nicht in Frage! Niemand wird ... nein ... nicht mit mir! Ich werfe Sie hinaus!«

Er stieß die Schwester und die Ärztin beiseite und drohte sich den Venenkatheter herauszureißen. Die Schwester und die Ärztin rangen mit ihm, drückten ihn gewaltsam nieder, und sowohl er als auch die Ärztin riefen H. um Hilfe, die entsetzt dabeistand.

»Beruhigen Sie ihn, beruhigen Sie ihn!« rief die Ärztin. Und während H. ihn umarmte und auf ihn einredete, lief die Ärztin aus dem Zimmer, um eine Morphiumspritze zu holen, die er, nun völlig am Ende seiner Kräfte, ohne Widerstand hinnahm und vielleicht auch wollte.

Der Katheter wurde ihm nicht mehr gesetzt. Und so lassen sich, ohne daß es metaphorisch wäre, die friedlichen und versöhnlichen Worte auf ihn anwenden: Sie wickelten ihn in Windeln. Noch bis 3^{25} Uhr atmete er. Dann wurde der

Atem immer flacher, und nach dem letzten reflexartigen Luftholen, das wir den letzten Seufzer nennen, hörte er auf.

Medizinisch ist nach traditionellen Kriterien ein Mensch tot, wenn sein Herz seit Minuten nicht mehr schlägt, kein Blutdruck mehr in den Adern ist und er einige Zeit nicht mehr geatmet hat. Besonders unheimlich ist die Weitung der Pupillen, die auf Lichteinfall nicht mehr reagieren. Der starre, sich trübende Blick ist Grund genug, dem Toten die Augen zu schließen. Seit es mit der Entwicklung der Transplantationschirurgie immer häufiger Organentnahmen an Unfalltoten gibt, ist das Erlöschen der Hirntätigkeit zum entscheidenden Todeskriterium geworden. Leben stellt sich auf dem Enzephalogramm als ein rhythmisches Schwingen verschiedener Hirnströme dar. Im Tod sinken sie alle zu einer flachen Linie zusammen. Man kann sich kein besseres graphisches Symbol denken für die ungeheuerliche Verwandlung einer lebenden Person in eine tote Masse Stoff. Der flache, gerade Strich des Hirntodes ist das Zeichen einer unrevidierbaren Veränderung, ein Abschluß für immer. Ihm entspricht, als ein kurzes Echo, das Schweigen der Umstehenden angesichts des Toten. Und auch der sachliche Ernst, mit dem sie sich abwenden und auseinandergehen.

H. und ihr Sohn fuhren nach Hause, um einige Stunden zu schlafen und dann mit den fälligen Anrufen zu beginnen. Die Nachtschwester schloß das Sterbezimmer hinter ihnen ab, damit sich nicht am Morgen irgendein Kranker hineinverirrte und den Toten sah. Im Laufe des Vormittags kamen die beiden bärtigen Männer mit dem holzverkleideten Zinksarg, genauso wie wir es gesehen hatten, und schafften den Toten, man kann auch sagen, den liegengebliebenen, noch menschenähnlichen körperlichen Rest, zur Aufbewahrung in den Leichenkeller.

Die Zeit danach

Ich habe nicht mehr viel hinzuzufügen. Der Tod meines Bruders, so lange schon vorausgesehen, war für mich zunächst eine Befreiung. Aber man tritt nicht mit einem Schritt aus dem Schatten heraus, der mit dem Tod eines vertrauten Menschen über einen fällt. Das erste Nachbeben spürte ich etwa einen Monat später, als in der Kölner Philharmonie während der Konzertpause ein Bekannter mich begrüßte und dann leise hinzufügte: »Sie haben starkes Zahnfleischbluten.« Ich tupfte mit dem Taschentuch gegen die Zähne, und der Schreck durchfuhr mich, als ich die roten Flecken sah. Auch ich? mußte ich denken. Schließlich war man bei meinem Bruder durch kaum zu stillendes Zahnfleischbluten der Leukämie auf die Spur gekommen. Daran dachte ich die ganze Zeit, während das Konzert weiterging und sich in meinen Ohren in eine düstere Drohung verwandelte. Ich suchte sofort einen Arzt auf und ließ mein Blut untersuchen. Schon die erste Schnellsenkung beruhigte mich, und die gründlichere Untersuchung bestätigte den guten Befund. Der Zahnarzt, zu dem ich anschließend ging, fand die Ursache und beseitigte sie.

Auch an anderen Auffälligkeiten machten sich Ängste fest, aber es stellte sich jedesmal heraus, daß es nichts Bedrohliches war, und ich begann wieder zu glauben – mehr als ein Glaube ist es ja nicht –, daß ich noch einige Zeit leben würde. Immerhin habe ich jetzt schon fast sieben Jahre länger gelebt als mein Bruder. In seinen Augen wären weitere sieben Jahre ein ungeheueres Geschenk gewesen. Um einen Aufschub des Sterbens zu erreichen, hat er seinen zähen Kampf geführt. Meine Arztbesuche waren, psychologisch gesehen, die moderne Form der alten magischen Beschwörungen und Abwehrrituale, mit denen sich die Menschen schon seit Urzeiten gegen die Rückkehr und den Einfluß der Toten gewehrt haben. Ich mußte die Grenze wieder befestigen, die mich von dem Toten trennte und unterschied. Die Ärzte halfen mir dabei.

Und noch eine andere Grenze mußte ich gegen den Übergriff des Toten errichten. Als sich zeigte, was ich immer geahnt hatte, daß die Hinterlassenschaft des Verstorbenen mehr aus Schulden als aus Positiva bestand, schlugen seine beiden Söhne das Erbe aus, und es fiel an mich. Auch ich mußte zum Notar gehen und eine Verzichterklärung abgeben. Und dann stellte sich heraus, daß dies auch für meine Kinder und das Enkelkind geschehen mußte: Abwehr des Verfolgers bis ins dritte Glied.

Als ich die Erklärung mit dem knappen juristischen Wortlaut unterschrieben hatte, empfand ich das so, als hätte ich ihn damit aus meinem Leben hinausgewiesen. Und ich stellte mir vor, er stünde wieder vor der Tür unserer Wohnung wie damals bei seinem plötzlichen Aufbruch nach Wien, als er für kurze Zeit bei uns einen Unterschlupf gesucht hatte. Er kam von dort zurück und wollte mir sein Lebensgepäck übergeben, seine Hinterlassenschaft. Ich sagte: »Ich will es nicht haben. Nichts von dem, was du angerichtet hast. Das ist dein Leben.« Und dazu zeigte ich ihm das notarielle Papier. Er warf einen Blick darauf, sah mich an, schulterte sein Bündel und ging. Das Bild setzte mir zu, denn er sah mich an wie beim letzten Mal. Aber Tote, die einen nicht loslassen wollen, muß man von der Schwelle weisen.

Eine dunkle Kehrseite hatten auch die heftigen, manchmal geradezu rauschhaften Glücksgefühle, die mich häufig ohne Anlaß überfielen, etwa wenn ich einen Spaziergang machte oder aus dem Fenster meines Arbeitszimmers in den Hof und die Kronen der Bäume blickte. »Ich lebe«, dachte ich. Aber das Echo dieser stürmischen Empfindung lautete: Ihm ist das alles genommen. Er ist tot. Immer dann kam mir mein Glück fragwürdig und frivol vor, obwohl es stark und unmittelbar überzeugend war. Ich brauchte einige Zeit, um den Gedanken zu akzeptieren, daß sein Tod mich mit einer vertieften, vorbehaltlosen Zustimmung zum Leben beschenkt hatte und daß es sinnwidrig und unmöglich sei, dieses Geschenk nicht dankbar anzunehmen. Es waren keine völlig neuen Einstellungen in mir entstanden, aber sie wurden deutlicher und entschiedener: Alles Leben war kostbar und einzigartig, und man brauchte es nicht zu suchen. Es umgab einen überall, wenn man nur selbst lebendig war.

Mein Bruder starb am 11. Mai 1989. Im Sommer dieses Jahres begann mit der Massenflucht aus der DDR und der Öffnung der ungarischen Grenze nach Österreich die Auflösung des stalinistischen Machtblocks und des Ost-West-Konfliktes, unter dessen starrer, machtgeschützter Polarität wir den größten Teil unseres Lebens verbracht hatten, nicht ahnend, daß diese Weltordnung plötzlich vor unseren Augen zerbrechen würde. Als ich am Montag nach der Öffnung der Mauer begeistert bei einer der großen Leipziger Demonstrationen mitging, mußte ich wieder an meinen Bruder denken, in dessen Lebenshorizont diese gewaltige Veränderung der Welt nicht erkennbar gewesen war. Er hatte ohne diese Zukunft gelebt, die ihn gewiß ebenso wie mich begeistert und bewegt hätte. Gemessen an dem, was jetzt geschah, hatte es zu seinen Lebzeiten überhaupt keine Zukunft gegeben, nur die vielen kleinen Utopien des persönlichen Erfolges und des privaten Glücks, denen jeder nachjagte, wenn auch nicht jeder so selbstzerstörerisch wie er.

Auch diese Veränderungen sind inzwischen zum Alltag geworden, und schon zeigen sich die Formationen neuer Konflikte. Mit ihm, meinem Bruder, teile ich das Vergangene. Es ist ein sich vereinfachendes, ein beruhigtes Bild. Nachdem ich dieses Buch über ihn und mich geschrieben habe, werde ich wohl aufhören, mich in all meinen Erfahrungen auf ihn zu beziehen.